浙江电力文学丛书

光明的诗卷

浙江省电力作家协会 编

百花洲文艺出版社
BAIHUAZHOU LITERATURE AND ART PRESS

图书在版编目（CIP）数据

光明的诗卷 / 浙江省电力作家协会编. -- 南昌 ：
百花洲文艺出版社，2024. 10. -- ISBN 978-7-5500
-5728-9

Ⅰ. I217. 2

中国国家版本馆 CIP 数据核字第 2024XC3930 号

光明的诗卷
GUANGMING DE SHIJUAN
浙江省电力作家协会 / 编

出 版 人　　陈　波
责任编辑　　蔡央扬　郝玮刚
装帧设计　　书香力扬
出版发行　　百花洲文艺出版社
社　　址　　南昌市红谷滩区世贸路 898 号博能中心一期 A 座 20 楼
邮　　编　　330038
经　　销　　全国新华书店
印　　刷　　四川科德彩色数码科技有限公司
开　　本　　710 mm×1000 mm　1/16　　印张　17.75
版　　次　　2024 年 10 月第 1 版
印　　次　　2025 年 3 月第 1 次印刷
字　　数　　260 千字
书　　号　　ISBN 978-7-5500-5728-9
定　　价　　68.00 元

网址　http://www.bhzwy.com
图书若有印装错误，影响阅读，可与承印厂联系调换。

《浙江电力文学丛书》编辑委员会

主　任：朱金华

主　编：陈富强　钱　隽

成　员：朱金华　项岱军　陈富强

　　　　钱　隽　袁洪俊　郑卓雄

　　　　周　博　鲁晓敏　邱东晓

　　　　张衍圣

总序

张浩

  习近平文化思想丰富和发展了马克思主义文化理论，构成了习近平新时代中国特色社会主义思想的文化篇。"仓廪实则知礼节，衣食足则知荣辱"，广大民众在具备了文化自信的物质基础之后，追求更高水平的精神文化生活日益成为现实需求。在这个大背景下，浙江省电力作家协会编选这套《浙江电力文学丛书》，总结五年来协会会员创作成果，可以说适逢其时、水到渠成。

  《浙江电力文学丛书》为四卷本，分别是小说卷《百合》、报告文学卷《光芒叙事》、散文评论卷《山河与草木》、诗歌电影剧本卷《光明的诗卷》。丛书收录的作品时间跨度为 2019 年至 2023 年五年，在国内报刊或公开发表，或获得奖项，其中不乏电力题材的作品，既有温度，也有鲜明的电力行业辨识度。

  五年来，浙江省电力作协会员创作出版了一批有中国电力行业特征、浙江电力行业特色的文学作品。如陈富强、潘玉毅采写的长篇报告文学《点灯人》，以"时代楷模"钱海军和他的志愿团队为蓝本，为中国文学画廊贡献了一位乃至一群"点灯人"文学形象。由孔繁钢组织策划，王琳、鹿杰等 8 位电力行业作家集体采写的《东方启明》是全国首部反映省级农村电网发展的长篇报告文学。协会会员还创作出版了电力题材的长篇纪实作品《中国电力工业简史》《火焰传》《光耀那曲》《正道沧桑》《中国焊匠》，长篇小说《夯基》，散文集《瓯越之光》等。陈富强的《能源工业革命》获"《人民日报》重磅推荐：2019 年 30 本值得一读的好书"，并获得浙江省优秀文学作品奖。何丽萍的长篇小说《在云城》、鲁晓敏的散文集《廊桥笔记》、尹奇峰的《探险左世界》等作品获得较好社会反响。费金鑫的长篇小说《归位》，陈富强、潘玉毅的长篇报告文学《点灯人》，邱东晓的诗集《托举的光芒》获首届中国电力文学奖。

五年来，为进一步激发创作活力、诠释时代价值，浙江省电力作协组织开展了第四届浙江电力文学奖评选、"江浙之巅·文学书写"文学志愿服务活动、1+1+1（省市县）三级文学志愿服务活动、"垦荒杯"征文比赛、"光耀亚运"浙江省电力原创诗歌大赛。开展"守护生命线""建党百年·辉煌电力""致敬时代楷模·书写奋斗故事""致敬劳模·喜迎亚运""能源科普原创作品"等主题征文活动。组织南湖电力文学论坛、凤起电力文学论坛等，借助文学作品及文学活动展现电力人的精神风貌。浙江省电力作家协会工作受到中国电力作家协会和浙江省作家协会的好评，并写入浙江省作家协会第十次代表大会主报告。

五年来，为提供更多展示平台、激发会员创作，浙江省电力作家协会积极发挥内刊作用，会刊《东海岸》出刊20期，计400余万字。浙江省能源集团工会主办的《浙能文艺》、浙能温州发电有限公司文学协会主办的《瓯江潮》、华电杭州半山发电有限公司文学协会主办的《花港》等，也发表了大量电力行业职工的文学作品，为培育和壮大浙江电力系统的文学创作队伍发挥了不可替代的作用。徐衍、吴楠、陈芷莘等6位青年作家入选"中国电力作家协会百名重要中青年作家人才"。蓝莉娅、余涛等入选浙江省作家协会"新荷计划"人才库。目前，浙江省电力作家协会共有中国作家协会会员10人、浙江省作家协会会员47人、中国电力作家协会会员87人，这是一支宝贵的职工文学创作队伍，是不可多得的企业文化建设人才。

《浙江电力文学丛书》正是在上述坚实基础上，必然结出的丰硕果实。编选这样一套丛书，既是学习贯彻习近平文化思想在浙江电力系统的生动实践，也是检验浙江电力职工文化工作的重要方式。希望通过本套丛书的出版，进一步激发广大电力作家的写作热情，创作出更多更好反映浙江电力工业发展，与时代交相辉映的精品力作。

2024年5月

（本文作者系国网浙江省电力有限公司职工董事、党委委员、工会主席，浙江省电力作家协会主席）

目录
CONTENTS

光明的诗卷

电影剧本卷

诗歌卷

● ● ● ● ●

光 明 的 诗 卷

盲人歌手 (外一首)

冬 箫

白天唱，晚上唱
对她都是一样的
在黑暗里唱

她在寻找生命的碎屑
那是她的光亮

我远远，静下心来看她
那两片薄薄的发亮的
带着节奏颤动的粉唇
分明是
一对已从黑暗中存活了下来的
悖论
矛盾着，刚强着

飞蛾

不再用习惯的方式飞翔
空中，它不紧不慢
似乎有很多的语言表达

更似乎，我看见了祭台
喋喋不休的语言

如阳光，普洒下来

我不由自主地站着，洗礼，宣誓：
扑火，将换一种方式

（原载《诗刊》2020 年 7 月）

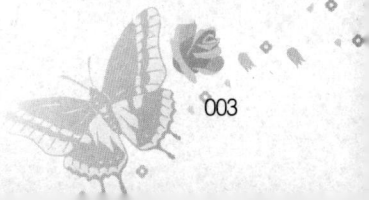

浙江电力
文学丛书

诗歌
戏剧
影
剧
本
卷

随风而动（组诗）

冬　萧

今年冬季的那些红

今年冬季的那些枫叶
长在了眼睛里
这越长越旺的火，公然
在天空上结成一个又一个的花园

这些火的花园
也开一些花
不在寒冷的冬季
只在温暖的内心，或者
笑靥里

太阳的波纹

水面上的波纹
是太阳撒下的网
由此可以相信：
太阳也在捕捉大海的自由

当然，风吹得大些
网也会密一些

再大些的话
这张网就会壁立起来
像一场囚禁与反囚禁的搏斗
很久都停不下来

梦境

两个凸起物
像尖锐的冰山
雪白中，我这个细小的黑点
随时有可能毁灭于冰

也可能，很轻盈地在两个山峰之间跳跃
像一个钟摆
保持着我的黑色和沉默

但我的感官是敏锐的
每一丝风和白色的间隙
都可容纳我的栖息

我还给冰山做了些标记，并用标记
寻找着冻死的野草和气绝的鸟鸣
我知道
这里曾经也有过爱，有过
一些人躺在绿草丛中
看着满天的星球在移动
看着另一些人
用大象的羽翅
追寻着流动的温暖

光明的诗卷

刨地板的人

刨地板的人带着闪电
每一次用刀都颇为犀利
他们对着一块块光洁的地板
就像对着人间的木讷
一刨的坑洼
一刨的锯齿
一刨的伤疤
都有俯视的光芒闪现

我注意到了这即将转世的森林
注意到了让我不得不眺望的诸多原始
包括呼吸、晨雾、碎石、青苔和黑影
但我
却不急于离开现在的视线
我要看着他
给我制作一座更大的
不曾做作的森林

一堆麻雀与太阳的种子

一堆麻雀挤在晒谷场上

它们无力飞起来
翅膀像装饰在身体上的一对哑铃

而那些金黄的太阳
正在那些小小的但密密麻麻的头颅之下
种子般等待复活

夜里的光

夜里的光，都是从黑暗中漏过来的
我不知道它经历了怎样的磨难
抑或有打通的关节

它那么明亮地存在着
四周拥挤着一层又一层的黑

我保持着静谧
看它的安详、从容、坚定
也感受着黑
那些焦躁、狂野和肆意
不断推搡着我
要我冲进光
占有光明中的一席之地

（原载《延河》下半月刊 2020 年第 7 期）

像一阵风或者海水那样（组诗）

冬　箫

像一滴海水那样

像一滴海水
想着长大
成为它的辽阔

像一滴海水
想着沉默
成为不咆哮的暗涛

像一滴海水
想着奔跑
成为人类的物种

像一滴海水
又一滴海水那样
一滴连着一滴，再连着一滴
陨没在胸怀的深处
酝酿着
不曾见光的翅膀

树和天空

总是感觉
冬天的一棵树就是天空的肺叶
呼吸一次就可以撼动整个的天空
但一群一群的树
却动不了。应该是
天空有了那么多树根的支点
在地下相互拥抱着
可以抵御任何的狂风暴雨

最大的风

我预感它马上会来

或许还在聚集
或许被不知天高地厚的某生命挡住了
或许
在谋划
用怎样的方式刮过来

我开始忧虑、惊恐
向四下张望
甚至躲进一个遮蔽风寒的角落
用手遮挡一下燃烧正旺的油灯

还是不够放心。我举起斧子
砍伐掉一棵棵树木
围成高大的篱笆
我看见一只只鸟飞临了篱笆

光明的诗卷

它们强大的心脏、还在跳动的暗影，以及求爱般的鸣叫
都让我忧虑

那时黑越来越浓
最大的风
却还没有来

拴住风的人

没有影子了
他把影子当作绳索
拴住了风
这一刻，他剧烈抖动
似乎影子正从他身体里抽出灵魂

他没有倒下
他咬牙，蹙眉，瞪眼
俨然一根被雷电劈中即将炸裂的树
他的枝条抓着天空
把最后一丝的风拉了进来

他为它祈祷，用影子高筑祭台
他念念有词
目睹着最后的阳光落入了山梁
在风的额头
掠过一道红光

(原载《特区文学》2022 年第 10 期)

从百年的这个门槛开始眺望（组诗）

冬　箫

百年门槛，有了这样的高度

这是一条奔腾了百年的母亲河
这是一根和中华大地一起生长的血脉

它和破土而出的青草一起
根植在高山、溪流
它和荡漾的春风一起
由黄变绿

它低头，看百年掠影
一幕幕枪林弹雨，气贯长虹
它抬头，看阳光璀璨
一阵阵清风拂面，风卷云舒

它抱紧胸膛
念想着把一颗星子呵护成熊熊烈火的时刻
面色红润，心潮澎湃
它念想着
总有那么一缕阳光
照耀它的身躯
使之温暖，使之希望

使之
越来越有灵魂的高度

它成长起来，越来越高
它看到了树的拔节，山的葱郁
还有，新绿的水
蜿蜒着山
流向了远方

一朵朵熠熠生辉的云

这是一道霞光亲吻云朵的时代

从任何的高度往上
都可以一眼看见这些色彩和光亮

它们明亮、鲜艳
有着带电的翅膀
还有从初心出发的一场欢愉

这是一个让人瞩目的场景：
云飘浮在那里，显得纯洁安宁
光环绕在那里，似乎在进行
一次使命的勾画

梦想的门槛

曾经，把梦想放在门槛之上
试图越过去，向着远方
投掷期望的目光

如今，现实的门槛
有了鲜亮的色泽和耀眼的光华
似乎有一种信仰
从里面迸发

我小心翼翼地坐在门槛之上
让一种激荡流向全身
那是阳光抑或月亮
都有着生命的嘴唇和高洁的灵魂
它让我内心深情的目光
齐刷刷地看向了
一个飘着红旗
有着梦想的地方

门槛之上的灯光

那高高的门槛之上
悬挂着一盏灯

它一直亮着
亮过了百年的光景

它一直没有出声
门槛也没有声音

陪伴着风雨来时
也陪伴着阳光和煦

某一天，一阵春风从两者之间穿过
灯明亮了一些
门槛也明亮了一些

光明的诗卷

光明的诗卷

从秀美的江南到神圣的高原
都有一种光亮
叫作光明

从明亮的目光到神圣的心灵
也有一种光亮
叫作光明

该怎样书写这些灵魂内外的光明？

是在梦想的门槛之上
还是一步一步跨越山海
连接起心的灯盏？

我想都是需要的
因为这样，我
可以用轻盈的想象去点缀万家灯火
可以用坚实的步履越走越高，越走越远
越走越辉煌

我还可以
用歌唱的嗓音去呼唤
从一个璀璨的光明到另一个新气象的光明

它可以延伸向湛蓝的天空
可以像站在高原的阶梯那样
用一根根银线
构筑一条条通向人心的天路

（原载《脊梁》2022 年第 3 期）

五月的阳光带着花香（组诗）

冬　箫

五月的色彩

想描述一下日子的色彩
总会带出一些岁月的芬芳

五月的芬芳
是成熟、透明、甜蜜和执着
它有着盛大的氛围和一个个
深入骨髓的动作

这是劳动者的沉默
带着力量的形状
沿街而开，溯水而上，遍野满山

这也是五月的色彩
可以凭窗远眺，亦可
在心里微澜

五月的花带着阳光

阳光灿烂的日子
化也特别地灿烂

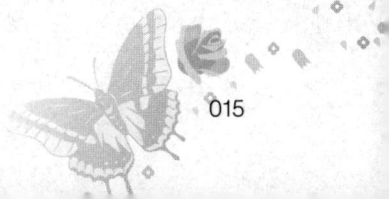

我常常在这个时候去接近一朵花
去接近一种故乡的味道

或许，此刻的花香是醇厚的
带着简朴的善良
而我带着歉疚，想起走出故乡的那一刻
隐痛和希望就是最决绝的方言
留下身后一路的尘埃

那天，路边的野花
和今天一样沐浴着阳光
所有的花边镶着金色。恰似
一条金光大道上莹莹闪闪的露珠
显示我的清纯，也显示我
再一次深刻的惦念

一个刚刚睡去的人

他是带着满脑的线路和继电器
睡去的
熟睡的手指间
夹着图纸

这些不会停息下来的设备
在他的梦里
是亲切的，犹如一溪的水流
袒露着自然、祥和与端庄

它会与遥远的村庄、田野与炊烟
与高山、大河与雪域
融合在一起，沿着一束束光

拾级而上，移步而来

这不是我虚幻的想象
在这个刚刚睡去的鼻息间
我感到了一种泪目的情愫
让我接近
又让我仰望许久

可以种植一片绿油油的诗歌

春天之上，我手握农具
开垦那些紧绷的词语
让一个自我国度的天空露出蔚蓝
有阳光，活在了汗珠里

这些
都是我勤劳的存在
可以有肥沃，有贫瘠，有翅膀和未来
只要泛出的光包含绿的颜色

还有，我要听一些关于绿色的词
或者绿色的鸟鸣
或者绿色的风摇晃枝头小小的叶片
这些，都是诗歌的果实
一个，或者一片，或者层层叠叠
都是我恰当的心情

五月，可以这样画像

关于五月，辛劳、母爱与青春
可以画很多的场景

光明的诗卷

比如，从一个山巅开始画
画一个高出山巅的人像
那么他必然会有蓝天的背景

如果，想画一幅延绵的铁塔与银线
那么必然会在浓密的森林与山峦之间
画上
喊着号子向上行走的人

如果，想画一下母亲
那必须换上最纯净的心情
用最简洁的线条，勾勒出阳光下
微笑的嘴角

如果，还想用青春的笔触画一些
最最平凡的人
那么，五月也会是最美的时候
这个月
有他们开朗活泼的节日
和永远朝霞满天的脸庞

(原载《脊梁》2023 年第 3 期)

陌生的城市（组诗）

胡加平

陌生的城市
——写给一个城市

我们不敢并排走着，
不敢像企鹅那样手拉手，穿过
冰雪笨拙的包围，
一场大雪让城市变得陌生，
天空和道路，森林一样让人紧张和困惑，
行人像雪花一样散落一地，
堵塞了道路和视线。
远方没有风景，
仿佛整个世界荒凉如初，
像失重的心，不再激动。
也许，我们可以面对冰川，
然而，面对被河流遗弃了的小船，
我们的口号，还有那呆板的思想，
干裂如船桨，
那些蛰伏在血管上的蚂蟥，
等待雨季和港口，
而河流却消失在回故乡的人流中。

光明的诗卷

在等待一个日子

在等待一个日子，
一个雨水纷飞的日子，
或者晴空万里，没有一丝云的日子。
但这时节，别说，
别再抱怨家徒四壁，
我的灵魂，突然，
对着漏风的门缝诉说，
也许，内心的声音在真诚地劝说自己，
忍忍吧，过了这个冬天，
迎春花就会在老宅的墙角边开放，
哪怕心事重重，梦中满怀忧伤，
但还有歌声，还有
穿过傍晚的炊烟，
日子，落满了灰尘。

人间仙境
——写在南北湖

仙境通常是要有仙女的，
于是，陈莫出现了，饶芮也出现了，
小河和村庄之间也变得烟雾缭绕，
那些花朵纷纷落下，
一时间，道路拥堵，
蝴蝶却越过季节，
在缥缈的云朵上起舞，顾盼流连。
我嘛，一个人间的越狱犯，
躲在仙境的界石旁偷窥，
而那颗心早已受伤，

无法痊愈。

暖冬之旅

冬天的太阳停在芦花上，
其实，那人的心，早已跟随船队走远。
风中飘荡的芦花和白鹭，
一路上，在追逐着浪花，
它们，享受着飞行的快乐。
只有夕阳，坐在黄昏的沙发上，
像隔岸观火的屠夫，
慢慢掐灭晚霞。

人生的旅途，拥有无数个岁月，
可目的地只有一个，
诚然，谁也不想提前抵达。
暗中抗议，尽量拖延，
像蜗牛一样慢行，
甚至，选择落后，
内心却有一种偷乐的感觉，
可命运的魔杖，落满了捉摸不定的星辰。

开花的时候

这里，离挤奶女居住的地方不远，
一排排窗子，一群群牛羊，
空虚的叫唤声，也许，
每天都要溜出窗外，
到山下长满青草的坡地上，
来回踱着步子，尽力把生活
安排得如人们希望的那样。

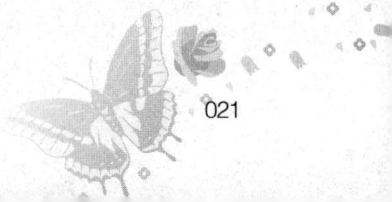

甚至，也有追随者，仿效着，
把自己幽闭在石头城里，
像饱受沧桑之苦，深陷的脸颊，
流逝的光阴，呵，多么凄惨的过去，
不堪回首，所以，一定，
要在开花的时候，
像茉莉，让自己到空气中，
放一下风，松一口气。

起码，抓住吧，抓住风中，
唯一的气味，那是
我们刚刚享受过生活的遗物，
也许，已足够你经历变迁的理由，当
一切痛苦都变得毫无意义，
就像呼吸，多么容易消失，
夜，正被睡眠延伸……

（原载《延河》上半月刊 2022 年第 2 期）

在途中 (组诗)

胡加平

在途中

喜欢在途中的感觉，
与那些山峰，那些河流和树木，
相遇又渐渐分别，
落日，大片的黄昏，也要来临，
特别耀眼，让我们闭目沉思，
这一天马上就要死亡。
明天，或者以后的日子，
是胜利者或者失败者，
都无法改写的结局，
我们只是星辰洒落的尘埃。

重要吗

这又有什么关系？
你或者早已忘记，
甚至不记得有这样一个时刻，
内心自省：远离爱吧，
那是一种毒药的配方，
在家乡的落日那碗汤里，
漂浮不定，命运，

光明的诗卷

或者，是命运那张弓，
把致命的箭矢，
噢，不，是无比悲哀的箭矢，
射向那颗从不属于你的心脏。

溪流

又一次来到小溪边，
以前，浅滩里
那些和我一起玩耍的小石子，
赤裸着它的身体和天真的容颜，
可如今，它青苔裹身，
它在害羞，抑或不相信这个世界，
自闭了它的念头和经脉，
只有溪流，依旧赤裸着清澈的水，
在阴郁的天空下，
流向隐藏在内心的那片海。

在水中

在水中，你可以毫无顾忌地哭泣，
甚至可以号啕大哭，
因为没人知道，
你的泪水和悲伤流进了河流，
你的生与死，你那可怜的怯懦，
被河水洗刷、冲散、蒸发，
然而，倾盆而下的雨水，
坏天气的追赶者，如箭矢，
击穿大气层，击穿
人间的一切虚伪。
等到雨过天晴，

眼泪，早已卑微地流向大海，
并埋葬在大海的波涛里，
以及，那期待和绝望的眼神。

大雪时节

是的，我们都懂的，
懂得那些河流，
流过浅滩，流过沟壑，
流过母亲的乳房，
尽管早已干瘪，
但滋润过万物，
如今，它又流过父亲的胸膛，
咆哮着穿越险滩和峡谷。
有时像好人那样温柔地流，
有时翻江倒海使坏地流，
流过大雪飘飞时的草原，
流过低头吃食的牛羊，
直到满目噙泪的天空下起大雪，
于是，悲伤在人间漂流。

哦，爱吧

是一句话，
使昔日的星星
重新睁开镀银的双眼，
哦，梦带走了一切文字，
和草地上的风铃。

云朵总是向海边飘荡，
船在河流中

装满寂寞和故事，
而记忆轻轻落在古老的黄昏里，
疼痛在水下呼吸。

所以，看守住最早传播的童谣，
最先到达的一定是候鸟，
一定是它们诚实的足迹，
给明天的黎明带来一条道路，
让所有的爱通过。

希望

希望在树林里迷了路，
和那里的野果一样，
一丝不挂，吊在树枝上，
被小小的山雀嘲笑和啄食，
这让冬天很愤怒，
它把大雪引来，
把世间万物的舌头刷成白色，
河山也沉默着，在白色中，
希望和时光，
同样沉默在白色的海洋中。

湖面上

湖面上，
一只游水的鸬鹚有点孤单，
它的同伴早已潜入水中，
只有它迟疑了一下，
令人揪心的事发生在后头，
一对巨大的鹰爪，

刺破空气，
把它抓向了天空，
此刻，只有白云在撕裂，心碎，
而雨水不知落向何方。

经过

隔壁铁匠铺里的铁砧已闲搁多时
譬如，我要经过那扇窗时
没有人告诉我，锻炉里的火
早已熄灭，只有灰烬尚在昨日梦中
呼呼闪光，这时

我就像一把等待锤打的镰刀
趴在铁砧上，并由
火控制，火焰改变了我往日的姿势
就像早晨的太阳
引诱我醒来

我不能想下去了，不能想象风箱
想象日落，想象河床
想象什么风景
安顿一下失落的心
和肉身的沉重

快放松吧，不要让渴望
变成小鸟，变成不能抑制的飞翔
在惊慌中流离，那些
比锤打还要疼痛的欲望
很快就在玉米抽穗时经过

光明的诗卷

太湖谣曲

在我们谈话的时候，船上
所有的人却沉默着，旅途的疲惫，
使他们的语言留在了帆上，风吹着帆，
像吹着一种声音，随波逐流。

但你们一定没有听到，
你们还站在码头上，
守着天空，诉苦：
唉，我的牙龈又肿了。

走进这种季节，星星
做梦般射出一丝弱光，在天空中
卸掉所有的外衣和寂静，剩下的
只有拒绝了习惯的时光。

从我们知道的天气里，太湖向我展开
流动的歌谣，在我的眼睛里摇动、闪烁，
在我的耳朵里呐喊，而那片帆
早已驶入冬季。

入夜的河流

月亮在河流里旅行了很久
那闪着光的梦想，积满青苔
被一支橹摇碎了，
岁月，成了支离破碎的航线。

我们，曾站在空阔无人的桥上，青春

星辉般洒落，而没有人要的誓言，
落在一张帆上，说
"我们看海去"。

彼此祝福，便彼此受难，
尽管麦子已经成熟，风
还是从我们后背吹来，是寒冷
叫我们感到孤独。

让回忆远离冰山，远离
那些数字造就的呼吸，
让阴沉的云，还有那张紧闭的嘴，
不要说话，用流汗的方式宣泄。

蹚过河流，瞬间找到的岛屿
是故乡漂泊的屋子，
是母亲们的梦呓，是一堆
钙化了的心。

秋天

秋天，像一片树叶落入我们的心头
我们感觉到悲凉，已从
蟋蟀的歌声中，匆匆走向草地
走向平原，走向昔日的打谷场

这不是农民们在收获，或
晾晒他们准备婚宴的食物
这加速降临人间的声音，从后门
造访每一户人家，不管你是否接受

光明的诗卷

从蜗牛持续地爬动，爱情
迟迟来临，不愿像蚂蚁那样
展示飞翔的翅膀，像毒蕈
撑开迷惑的花伞，远方

风依然紧紧抓住那些矮树
并不仅仅都是些矮树，还有草茎和
蟋蟀的尸首，还有我们
像书籍那样，被阅读了，然后熟睡

人过中年

人过中年，
一条山路转了多少弯，
路边的树木早已枯枝，
雨水告别了季节，成了一个名词，
太阳的光线停在一层薄冰上，
慢慢融化成夕阳。

今生，蝴蝶已在梦中多次变化，
成蛹化蝶，与我何干，
吊在树枝上的茧蛹，
活在风中，
一切随着风的翅膀，
漂泊在人间。

过程

太阳在冬天也依然升起，
也依然，
把光辉照耀在晾晒的食物上，

陶罐中的水，
依然养育着心中的河流，
和孩子们成长的森林。
那些发黄的搪瓷茶杯，
把日子过得漫长而又暗淡，
人生，落入尘世的那一刻，
仅仅是个过程，
就像流星，转瞬即逝。

（作于 2023 年）

铜铃山水

王微微

1

深潭静默，浅流潺潺。

铜铃山水，从洞宫山脉峡谷之巅轻盈走来，明眸皓齿，巧笑倩然。

纯净，是她的名字。

2

山风温和，低语呢喃，说山水的清澈耿直，说幽潭的淡泊平静，说暮春的落花流水，说万物的轮回流转。

老叶簌簌飘落，说着永别，新叶粉颈细腰，枝头弄舞翩跹，新生命从落叶苔藓间拱出细小的身子，探寻人间清明。

红豆杉、杜仲、金钱松、鹅掌楸、花桐木等等，它们根须相连，站成峡谷深涧密林，恪守肩负道义的诺言。

黄腹角雉、短尾猴、穿山甲、娃娃鱼、白鹇、黄嘴白鹭，它们是铜铃山水的主人，它们和谐相处，秩序井然。

3

铜铃山水独辟蹊径，自成壶穴幽潭。

她行走一程，就停伫小憩一会儿，那千年壶穴，是谦卑，是思考，是总结，是生命的长度与深度，没有休止的自净，填补着大山的沟壑欲望。

她囤积风雨，囤积孤独，囤积力量，面壁而立，抵挡尘世的诱惑。她日夜修炼，细细打磨，一把壶的讲究，一滴水的辽阔。她用一弯浅浅的笑意，洗涤你内心的喧嚣，缓解你跋山涉水的疲劳，沉淀你半生的痴迷浑浊。

临渊照影，游鱼细石清晰可观，湍流雷鸣震耳可闻，谜一样的华夏壶穴奇观，在铜铃山里，端的是明明白白、坦坦荡荡。

4

铜铃寨遗存的黑瓦、泥陶隐含昔日刀光剑影，那是元末农民起义军毫不含糊的故事片段，"藏金洞"藏放珠宝，也珍藏历史，在山水里隐隐发光。

畲族姑娘跳起灵巧的竹竿舞，草地上禾本科植物开起了各色的小花，昆虫扑扇翅膀，忙着沾花惹粉，山雀站上红豆杉的最顶端，左顾右盼，蝴蝶成群结伴，时而在树荫下交头接耳，时而在溪涧边埋头喝饮，小瑶池碧波清漾。

这里山风清秀，溪鱼清秀，树木清秀，连滩上沙石瓦砾都是清秀的，在纷纷扰扰尘世里，保持清风明月，是何等的洞明智慧。

微冷的潭水里，游鱼们是不是"一直都在暗暗设想"，天堂，应该就是铜铃山水的模样？

5

废弃的老高岭头水电站依然兀立在山谷，那是用第一缕灯火写就的电力史简书。我的父亲曾经在这里架起茶饮，俯仰天地，那一壶铜铃山水，泛着一位老水电工人的纯净执念。

瀑潭激流旋冲而下，坐在门口石阶上，你能听到震心慑魂的声响，那声响，仿佛是老父亲当年一次又一次的召唤——

他说，回来吧，山水没有谎言，只有真相，真相就是青天下云的自由、水的洁净、草木的泰然自若。

伫立。沉思。

你说，还有多少声音值得我们停下脚步、竖耳倾听？

夕阳挂上山脊，余晖涂满了山腹，转眼之间，热气腾腾的山谷骤然空冷，而我的内心，却满满当当。

铜铃山水，是从来都不会空的。

（原载《诗歌月刊》2022年第12期）

光明的诗卷

水滴莲花接（外二首）

王微微

莲花
一朵接一朵，拾级而上
悬空修炼，抬头可揽青云
檐水
一滴又一滴，风吹玉振
顺着莲花芯，缓缓归尘土

它们恭默守静，守寂寞，守清辉
它们滴漏有声，说般若，说清净

不蔓不枝，香远益清
究心护念，细水长流

百丈漈

从百丈悬崖，一跃而下
轻车熟路，从未误入歧途
义无反顾里，一定隐喻着些什么

一漈二漈三漈
它们用互补的方式，修复人间秩序
撕开阴影，吼出谎言，跳离同流合污
一路洁身自爱，从不泥沙俱下

仰首之间，群峰低头，真实显现
那是天使放下的白色梯子，一尘不染
让你内心暗藏的企图，无处安放

百丈漈的水，高过天
人世间是非黑白的门槛
百丈漈的水，低到尘埃，粉身碎骨
也丝毫不改变自己的态度

在开臣璞居遇见雨

有铺垫，有酝酿
还有持续不断
屋檐敞开怀抱，接应
从天而降的光阴
诗人在屋里吹笛
鲤鱼在池里吐气，蛙鸣伏低
风把自己扭拧成抛物线，高高扬起
抛落，美人靠上无美人
只有雨滴，倚着，用明亮清透
与一棵老柿树遥遥相望
远山清淡，不见牛羊，未有炊烟升起
屋里灯光温柔，笛声温暖，人人锦绣
那雨，密密匝匝，行行复复
仿佛清风吹拂杨柳，永不厌倦

（作于 2021 年）

寻踪唐诗之路（组诗）

程亚军

戊戌秋，沿着天台、宁海、三门，一路南行，追寻晋代敦煌昙猷尊者的布道足迹。所到之处，名胜古迹众多，让今人得以遇见唐诗之路上的诗人、僧人、商人。

——题记

打马过石梁

马要一匹瘦马，我骑着它从旧家来
清风也已太旧
就用鞭子一遍遍轻轻抽打出新意
——草尖冒绿了，石梁必须还远

马步向下，只一步就跑错了年代
俯冲进一条小径
为了迷失，为了在天台一时找不见石梁

水流软弱呀，我不忍太正确太强大
共饮一杯被贬谪的惩罚
才使语句错位，表达凌乱

翠柏竹林，小溪不入山涧吗
打马过石梁，又轻又自在
定是拖着一车押韵的古诗
穿越山野后还能再发力

宝塔般的身心消失在天台山

把自己带离平坦，空着一副身心
进入天台，用花式的古老方法
竟像精神上平等于一座山的高度

在山中，每个人都觉得自己是画里那个
隐居笔墨背后的仙侠
另一个背面透出的
是"佛"字上镌刻最深的那一笔

直到不停移步换景
一座神秘宝塔刚露出红色尖顶
就在下一眼隐入了
桐柏。透过蓝色水底的镜面

寿宁禅寺

港头是港的尽头
成为昙猷海上航行的登陆点

出家人四大皆空
却怀揣一个坚定的信念

尊者的袖石化作两袖清风
白泉井的水可以煮茶洗肠

洗尽铅华与荤腥
诸法顺遂，这盛世如你所愿
猛虎已经远去，只有诵经声依旧

光明的诗卷

万物生

镌刻进文化的根
得以融进每一块碑记里

万物生长，我们对尊者的想象
是一幅失而复得的画像

（作于 2021 年）

东海之上，每一阵风都适合歌唱
——大陈岛风电故事

程亚军

大海之中，岛屿之上——
我先是看到一架风车
接着看到第二架、第三架风车，直至
看到第三十四架风车

白色叶片，如此轻盈、持续的旋律
这大海抒情的典范
紧贴祖国的意象，用最舒服的音质
演奏出大陈岛之歌——

"辽阔的东海，风吹动了旋翼
三十四台机组，在轻盈地发电"

我在旋律中闪回，仿佛看到——
六十六前
岛上唯一的老人
在绝望中迎来了全新的希望与惊喜
黎明中，这位老人与大海一道醒来。
闪回的蒙太奇镜头中还有：
垦荒队员们的造像
社会主义建设的高潮
现代化新能源引进……

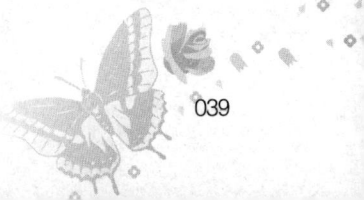

光明的诗卷

大海之上——
风从东边吹来
风从西边吹来
风从南边吹来
风从北边吹来

每一阵风都适合歌唱
每一次风叶的旋转都写下一个光明的词组
每一次想念都有了一个回眸的理由
仿佛它接通了我与大海的思绪
仿佛它把希望一词轻放在祖国的衣襟一角
仿佛东风与光明一起悄悄把花朵放在爱人的怀抱

我再次回望岛屿山冈上的一架架风车
一架，两架，三架，四架
——这舒缓的旋律让我如此喜欢
五架，六架……三十四架
——三十四架接通着一个个故事
三十四架的合唱与和声，这大海颂词和永恒的歌唱
让我深深感动！

（作于 2021 年）

　　注：六十六年前解放军解放大陈岛时，大陈岛只有一位留岛老人，那时岛上是何其荒凉。而如今，人们走进大陈岛，首先映入眼帘的是峰峦起伏的山顶上成排的风力发电机组，其阵势蔚为壮观。这批风机群多达三十四台，装机容量达 2.55 万千瓦。它发出的电力可通过海缆送往大陆。

先生回故乡

杨寿松

臭豆腐夹着汽油的气味

充满了古城的大街小巷

孔乙己穿着西服戴着毡帽

怀抱

埋了十八年的女儿红

在咸亨候着先生

祥林嫂满街跑

寻找

被人贩子"吃了"的阿毛

假洋鬼子刚从"消协"投诉回来

嘴里念"假得比我还厉害"

在百草园里

碧绿的菜畦　蟋蟀的弹琴

已荡然无存

三味书屋的"早"虽然依旧

但听不到愉悦的朗读声

孩子们无奈穿插在各类补习班中

华老栓揣着

医治小栓蘸着血的馒头

却找不到回家的路

阿Q跨着电马

"变了、变了"

先生进城的车

堵在外婆家的皇甫庄

儿时的玩伴闰土陪着先生

指着车外路边的广告

脸上露出土鳖的自豪

"这都是伢上市公司的"

闰土们占据了云雀们的领地

劈山填河换来了

诱人的 GDP

却难觅刺猬獾猪的踪影

鉴湖水已不是加饭酒的魂

昔日的东方威尼斯

早已徒有虚名

下车步行

闰土递上了纳米技术制成的口罩

"先生空气不好"

先生苦笑着

"故乡在哪里"

（作于 2021 年）

岁　月 (外二首)

杨寿松

水面似镜

无丝毫的波纹

无声无息无色无味

偶尔水面掠过不知名的叼鱼鸟

爪子带来了一丝活力和生机

可瞬间又复原状

即使暴雨前的狂风

掀起翻滚的浪花

也是顷刻短暂的　过后

水面依旧　寂静得

让人忘记了一切

只有时钟嘀嘀嗒嗒催着岁月

沉到水底的故事

也只待后来者考古印证

外婆

悠悠岁月披上了银发

丰富的阅历晒在脸上

时光匆匆摇到了那个年代

靓丽的外婆曾经是

小城的一道风景线

常常惹得人街小巷的帅哥满城追逐　情信、鲜花塞满车斗

光明的诗卷

043

十足一呼百应的皇后
曾经摇篮旁外婆的催眠曲伴我入睡　美丽童话的故事教我牙牙学语
无数次牵着我的手走过
载着千年历史的青石板
送我去上学
和蔼慈祥注入我的血液
微风吹来不幸的消息
一场突如其来的暴风雨
侧翻了外婆家的慢生活
优雅的船搁浅在沙滩上
长江东流不可逆美丽倩影
也抵不住地球的引力
但外婆的怀抱永远是温馨的港湾

春天

春姑娘踩着盈盈的脚步悄然而至
嫩芽从地平线上蹿出
倒映的柳丝在河面上荡漾
花蕾似顽童跳戏脸上
上妆的油彩色彩斑斓
索然无味的空间霎时热闹起来
春光撩起似霾似云的帷幔
小鸟和着牧童的笛声
悠扬的春之曲随着暖洋洋的微风　回荡在炊烟袅袅的农庄
香喷喷的稻米味不时从农舍里飘出　牛羊欢跑在鲜嫩的绿茵场上
蝌蚪在潺潺小溪里潜泳
农夫们品味春意浓浓的美酒
醉倒在杨柳底下

（作于 2022 年）

春天的画卷（组诗）

关　岛

植物园，留住刹那芳华

时间在这里转弯。光阴打开扉页
满园的景致一片繁华。闻着沁脾
那清香与芬芳，犹如在抒怀永恒

穿过典雅的宫殿，行走于植物园
红与绿紧紧相拥，黄与蓝自由交错
灿若云霞，仿佛是写在大地上的誓言

一座庞大的庄园，聆听潺潺流水
聆听谣曲，聆听完美壮阔的修辞
慢慢沉淀下来的，是幸福与安详

清风拂面。目睹这任何一朵鲜花
都深情饱含着季节的温度和奢华
而绽放，需要有一个完美的答案

流年之外，遥望大地上妩媚的精灵
遐想最初的场景，谁在光阴里沉思
和煦的光晕，氤氲一段曾经的岁月

光明的诗卷

我要赞美并歌颂花朵，以茶或酒的圭臬
轻灵的脚步，沁入一方着色的画卷
春天的植物园，留住心底刹那的芳华

樱花，春天的主角

在杖锡，樱花遍地开放
一方土地捧出巨大的调色板
涂抹着春天梦想的底色
一朵花，一个梦，带着雨露
唱响蓬勃时光的乐章
一朵花，一个词，带着芬芳
汇入崭新时代的诗篇

一树树、一堆堆、一簇簇的樱花
在阳光下吐露，沁人心脾的清香
亿万个精灵，失去矜持
用肆无忌惮的怒放和微颤
招惹成群结队的蜜蜂
迎接纷至沓来的游人

一方深情的沃土涌出芬芳和绚丽
被举过头顶，被春风铺开、流淌
绵延成一片五彩斑斓的花海
樱花簇拥着道路
花朵掩映着万千笑脸

仿佛是一只只劈波斩浪的船
人在花中游，捡拾芳香
捡拾抖落的珠玑。心湖的涟漪
链接花海的波涛，一起荡漾

我一边摁住滚滚而来的春潮
一边将一颗充满幸福和微醉的心
慢慢抚平

樱花，春天的主角。在灵性的杖锡
用一颗草木之心，托起
一季葳蕤的春天。聚集的樱花
高于春天的樱花，用惊世之美
诠释春天的密语和一方若谷的虚怀

招宝山，仰望或者怀想

鳌柱塔，威远城，宝陀寺，月城
它们屹立于雄伟的山河与卷帙之上
用东经和北纬，标注了乡愁的高度

我聆听着远去的风声，一路跋涉而来
且让我卸下舒缓的云朵，与散装的鸟鸣
还有青山的行囊，流水绵延起伏的乡音

山是对仗的山，水是押韵的水
河池里的莲花仿佛是一页小篆，一笔一画
都写满了盎然的诗情，与古朴的画意

镂空的明月，是粘贴于鳌柱塔上的
一缕钟声，明净、澄澈、悠远
打磨一个人粗粝的内心和奔跑的方向

而一声清脆的鸟鸣，击穿了谁在眺望的目光
山水像是一帧泼墨的册页，高耸屹立的威远城
是散落在东海之滨的一枚精美插图

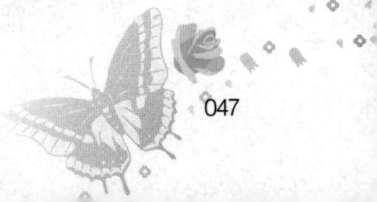

光明的诗卷

大风招宝。那大地的方言、时光的绝句
清新地镌刻在宝陀寺的翘角飞檐之上
清风诵咏，百转千回，闻名遐迩

永旺村，秀美芳香四溢

大美的庄市仿佛从春光里辐射出来
是光的照耀，还是春天的热量喷发
一条被杜鹃花映照得笔直的芳草路
像迎接盛大的宴席，蜿蜒伸向远方

这是一座令人陶醉、赏心悦目的村庄
犹如浪漫的画家精心雕琢的一幅色彩
把祥云、春风、幸福托得很高、很高
清水荡漾，芳香四溢，因而眼光明媚

那一垄垄方块形的田野，飘香的花朵
把我们送向鲜艳的花丛。盘旋的春燕
在青山的顶端，把祥云轻轻打开
像是母亲的呼唤，呼唤异乡人的归来

目光弯进深深浅浅的故乡，身后的阳光
仿佛是一幅灵动的画，普照在天地之间
许多千绕百折的红柳，打碗花儿的幽香
来自由内而外的幸福，降临到我们身边

在大美的永旺村里穿行，我多情、遐思
莲花般的田野之间：红花、绿树、溪水
这幅灿烂的画，凝聚追梦人丰满的理想
他们和我们，是一股向上、向善的力量

流连于奇秀景色，这一路的人文和大美
思绪百转千回，像是对生活的不懈追求
在光芒的照引下，那大红大紫的日子
吐露出一种芬芳，和生活之外的悠闲

[原载《文学港（2023年增刊）》]

浙江电力
文学丛书

诗 歌 电 影 剧 本 卷

斑 鸠（组诗）

帕瓦龙

斑鸠

落尽树叶的枯枝上
一对珠颈斑鸠
深情相拥，它们嘴喙相吻
踩背交尾……
朴素、真挚的场景
在我脑中萦回
与喧闹的人类相比
鸟活着的样子
时常比人来得潇洒好看
它们"咕咕"的叫声
在凛冽的早春
令人感动

大雪这天

大雪这天，没有大雪
西湖秋意正浓，红枫、水杉、银杏和乌桕
焦急展示一年里最靓的秋妆
我在北山街上的穗庐
眺望一群鹭鸟

飞过层林尽染的曲院风荷

人间依旧似钟摆从容有序
疫情终于如落日西去
这是 2022 年 12 月 7 日的大雪
这一晚，我喝完酒昏昏睡去

流浪的欢欢

欢欢是一条白色的小狗
在桃花河两岸流浪快一个月了
据说年前
它被狠心的主人
抛弃在武林门地铁 D 出口

这是一条类似博美犬的漂亮雄犬
对它天生宠物的模样
如今沦落街头，乞讨为生
我深表同情，每天黄昏
去桃花河散步，我都带上一根火腿肠
它吃食的样子
几次燃起我想带它回家的念头
这是一条颇为灵性和聪明的狗
仿佛听得懂我唤它的口哨和话语
为感谢我带来的食物
有时它会陪着我沿桃花河走一圈
来桃花河散步、玩耍的老人和孩子
都亲切地叫它欢欢、欢欢
一位热心大姐想收养它
好不容易带回家
可三天后它又来到桃花河边

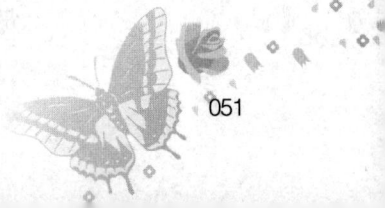

我十分纳闷
难道受过一次伤害的欢欢
如今宁愿选择风餐露宿的街头？

春寒之雨，阴冷如雪
今夜孤独的欢欢又将在墙角疲惫度过
昨天看到报道，拱墅区多地为防犬咬人
开始捕捉街头流浪狗
这对欢欢无疑不是一个好消息

退休以后

终于像一杯泡好的茶
可以耐心隔着透明的玻璃，看一片片
茶叶沉入杯底
往事氤氲在屋内四散飘荡

再也不用赶着钟点去上班
也不用写材料、总结，交流和讲话了
可以肆无忌惮地睡到自然醒
也可以动不动像只猫去街头乱窜乱拍了
一叶障目太久，灵魂需要洗涤和打磨
可重做一个返乡人，或者读一本
一直没读完的书
像曾经惶然过的佩索阿
用一支随性灵动的笔写自己也写别人
去郊外观鸟，也去千里之外拍鸟
看丹顶鹤、天鹅、虎头海雕、金雕和雪鸮
大雪世界里诗意的生活

偶尔和老友聚一下，这些走进生命中的人

值得用心中的悲喜去呵护和珍惜
更多的时候，依然在喧嚣的尘世间
守一盏灯，打发漫漫长夜

夜读《夜航船》

夜深人静，星辰寥落
偶有夜鹭啼鸣如泣如诉
像年少时在庆春门外听到遥远的钱塘江上
突突突低沉的小火轮
读三百三十多年前的张岱
需要一点心情，喝一口酒，焚一缕香
在早春的气息里掸去纷乱的世事

可以吃喝玩乐，风花雪月
也可以写下湖心亭看雪和陶庵梦忆
却难掩江山倾圮，内心悲凉和痛楚
晚年隐居会稽山老林
短檐危壁、破床碎几、折鼎病琴和残书数帙
笔墨炼金，终成一部
天下学问，唯夜航船中最难对付的奇书

在水一方

同样的水，天上落下来
在这里就是大名鼎鼎的西湖
出了圣塘闸就成了桃花河
过了武林门或卖鱼桥就是运河

我站在桃花河边，它混浊的样子
就像如今的我，岁月老去

白发丛生，往事越聚越多
而曾经的渴望和理想似流水愈行愈远

早已习惯一天天平常而忙碌的日子
活着到底有何意义？
在水一方，耗尽一生
犹如桃花开了谢了，若有若无

穗庐

一百年前，一个叫鲍柏麟的广东富商
来到杭州北山街 94 号
建了这座岭南风格的穗庐，又称鲍庄
它倚山而建，青砖垒砌，雕梁画栋

如今大门紧锁，空无一人
落叶和枯萎的藤蔓爬满院墙
唯有那棵三百多年的古樟
在深秋的气息里更显苍翠茂盛
我从后山拾级而上
八角亭前凭栏远眺，西湖山水
尽收眼底，穗庐竟是如此美妙
为何荒废空置多年？
这里曾是"江南文学会馆"驻地
观景台上，至今立着
青铜铸成的巴金手模，深凹的掌印
恍若续写着《家》《春》《秋》的故事……

（作于 2023 年）

大港头兵工厂遗址 (外二首)

许少君

硝烟以及铁锤敲击迸发出的火星
消逝在一段久远的光阴里
此时老兵工厂大门紧闭
往事深锁于人潮汹涌的闹市中
无声无息
多年前的连天烽火和破碎山河
以及枪炮声与坚忍
至今仍刻骨铭心
像一朵带血的杜鹃花
在我波涛汹涌的内心悄然绽放

如今岁月一切安好，山花盛开
生活平和幸福
眼前一片风花雪月
老街上小酒吧的时光
细数着大港头河埠良辰美景
烽烟与往事
其实并未走远
那些深藏在心底的故事
此刻，如一滴咸涩的泪珠
沾满了我的胸襟

听一位老人讲过去的故事

大港头文化礼堂。一位朴素的老人
坐在我面前，感情丰沛
一段尘封已久的历史和带着血色的故事
在这一刻，烽烟再起

抗战往事与许多细节逐一展开
没有任何修饰
锋利的土制武器
试爆的炸药，在烽火中
磨砺出一种耀眼的夺人心魄的亮光
经历了锻打和淬火
所有誓言都变得坚硬
即便一捧柔软的沙土
也是一块御敌的刚强铁骨

文化礼堂里茶香四溢
往事如烟
此时老人嘴唇抖动，语调铿锵
信仰不再是虚无缥缈
就像深埋在土地里的种子
直接渗入我们的骨髓

向那些渐行渐远的烽火致敬

风渐渐吹乱我日趋稀疏的头发
生活宁静，如同白开水一样平常
早已没有焦土和冲天的炮火
视野里那片养眼的嫩绿啊

让人不忍心去惊扰这个春天
如果可能，我将用一些朴素的语言
向所有美好和感动表达敬意

我必须向那些渐行渐远的烽火致敬
向每一次英勇的献身和殊死抵抗致敬
向被迫发出的每一声怒吼致敬
向从岩石的缝隙里顽强探出身子的小草致敬
向沁人心脾的山风致敬
向弹痕累累的胸膛致敬
向视死如归家国情怀致敬
向不屈的身影和逝去的生命致敬
向每一个热情拥抱和温暖致敬
向辽阔瓯江上每一片白帆致敬
向善良致敬
向理想致敬
向盛开在故乡的每一朵山花致敬

生命消亡不代表就永远消逝
我，必须记住这一切
并以此慰藉和感恩每一个平凡的日子

（原载《江南》2019 年浙江电力文学增刊）

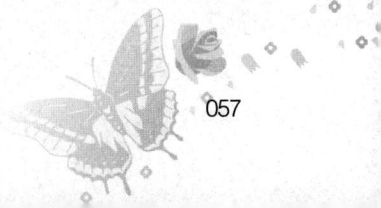

光明的诗卷

写给儿子

许少君

看着你渐渐成长
心里有一些话想对你说
为父一生平平淡淡
甚至还有一些愚笨，不解世间风情
仅知一板一眼地做事
少了一些圆滑
多了一些木讷
这样的人生也是一种
但为父不想将自己的喜好强加于你

无法为你设计人生
只能由你自己去走
跌倒，爬起来便是了
或许可以轰轰烈烈
也可以涓涓细流
做人做事踏实很重要，要与人为善
不要有非分之想，和过多的抱怨
要懂得给予，学会担当与珍惜
记住，这一切远比拥有万贯钱财重要

（作于 2020 年）

看微微安·梅尔影展（外一首）

许少君

赶在丽水摄影节最后一天去老油泵厂看微微安·梅尔的摄影展。薇薇安·梅尔，美国当代最重要的街头摄影师之一。1926年生于纽约，2009年病逝于芝加哥。她终身职业是保姆，一生却拍摄了超过10万张黑白照片。

——题记

岁月是黑白的
日子也是黑白的
芝加哥和纽约的街头风景
充斥着无助、高贵、失败和脆弱
此时挂在老油泵厂粗糙的墙壁上
画面生动，充满质感
并深思熟虑

街头，一个女保姆
脖子吊着禄来福来相机
与流浪者相伴
和孤独相守
看似漫无目的的10万份记录
在沉睡多年后
如出土文物，让世界为之惊讶

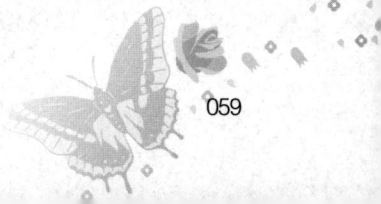

她是一个卑微者，没有财产
没有地位，也从不申诉
更未曾想过身后日隆的声誉
她只对世界说，我带着一生来
而一生就装在一个个胶卷盒子里

黑白人生平淡无奇
自己和所有故事都锁进了暗房
一生只愿做一个一声不吭的记录者
住廉价公寓，敏感低调
只与街头穷人和漂游者为伍
当荣誉被内心无视
一切只是过眼云烟

老巷往事

酱园弄并不长
往事已支离破碎
唯一完整的就是那座谭宅了
青砖黛瓦，很有些年份
一些往事中的细节与故事
在风中渐渐凋零

20世纪60年代一个司空见惯的黄昏
我出生在这里
我的出现只是这条弄堂
一个平淡无奇的注脚
现在弄堂里的人和事
早已与我无关
杂货店剃头店羊毛衫店古玩店寿衣店
依旧依次排开

很窄的弄堂便更窄了

那些老旧年代的风
已经戛然而止
斑驳古墙上的粉末悄然脱落
几个打扮妖艳的女人扭着细腰
一路说笑着从弄堂走过

黄昏中，斜阳清澈
老巷的过往已无人提起
风景陈旧
不再如初
就像我飘飘落下的
那根白色发丝

（作于 2021 年）

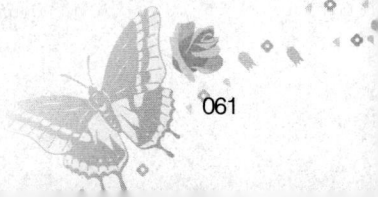

蓝色的舍夫沙万（外一首）

许少君

你离大西洋和地中海其实并不遥远
甚至你在梦里还能听到涛声
可你的每一次回眸，每一张笑脸
甚至每一声叹息
都像一朵妖艳的蓝色花朵
开在舍夫沙万的每一条巷道

干净，整洁
蓝得宁静，蓝得透彻
其实当蓝色成为你的标志和色彩
撒哈拉沙漠中的摩洛哥
就不再只有千篇一律的干燥
一种无可比拟的蔚蓝与清澈
其实在你内心早已澎湃汹涌

卡萨布兰卡的里克咖啡馆

知道卡萨布兰卡
是因为一部英格丽·褒曼主演的老电影《北非谍影》
也因为一首老歌《卡萨布兰卡》
那些音符慢慢飘落下来
爱情或者分离
此时是一种难以割舍的痛

里克咖啡馆从银幕上落地
落在了卡萨布兰卡
大西洋的风轻轻吹过
傍晚，夕阳正好，暖暖的
我来到里克咖啡馆，门还未开
进去喝一杯咖啡
需要提前一个星期预约

如果心中有一种美好
就用不着纠结那些徒有虚名的形式
记住曾经的过往或者温暖
其实比咖啡的味道更重要

（作于 2023 年）

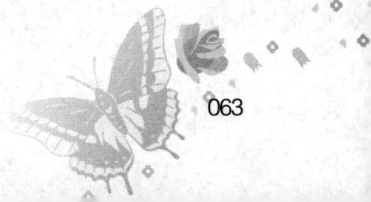

浙江电力
文学丛书

诗歌·电影剧本卷

夜幕里的身影
——献礼杭州亚运保电工作者

冯惠新

雨后的一阵风吹醒了南宋遗梦
是谁迈着轻袅的步子从桥那端走来：
她的身后绿云浮动，蝉鸣聒噪
远处南屏晚钟一响
拥挤的人群换了新颜
夜幕降临，人们误入闪烁的星河

沿着江畔一路前行
这里早已变成造梦者的天堂
曾经的荒野大厦林立
明珠般璀璨的巨莲悄然绽放
街头巷尾的"亚运妆"为城市添彩
酷炫的列车直达心之所向
一个轻盈的抛物线
整个世界为之沸腾

她跨越时空，惊叹亿人的浪漫
却更好奇亚运盛会的奥秘
她寻寻觅觅直到看见
被汗水浸透的工装
危急时刻飞奔现场的身影
和守护万家灯火的一双双眼睛

原来每一道亮丽的风景线
无不依托坚强的电力保障

天慢慢亮了
远山上的银线在阳光下闪耀
——那是电力人为梦想编织而成
为美好生活充电，为美丽中国赋能
我庆幸，我是一名电力工人

（原载《脊梁》2023 年第 6 期）

日常生活（组诗）

虞时中

初秋

一个盲人在歌唱
在初秋的桂花树下
他认真的歌声
使缕缕桂香飘过

就像是一枚在灵魂深处
游走的针
把往昔美好生活的片段
真实的歌声和虚无的花香
连接起来了

他倾其所有歌唱着
就像给大自然这个乞丐
赠送他自己最后的一枚硬币
就像全世界都在他的
眺望之下
如此透明　快意　了无遗憾

而不远处的我
只是在静静谛听

并且在不知不觉中
闭上了自己的眼睛
似乎只有这样
花香　歌声　生活的本质
和整个秋天
才更加真实美好

一只白鹭飞过水面

一只白鹭飞过水面
张开的翅膀像
一把锋利的刀子
努力把孤独切割得很远
它飞翔的姿态
就是一种把酒临风的剪影
此刻，它早已化作一只飞翔的酒杯
等着时间的美酒来斟满
然后让碧蓝的天空
把它一饮而尽

一个中年男人在刷手机

他的手指
在光滑的玻璃屏上滑过
一次又一次
那么坚定
又那么坚决
宛若颓废的帝王
他的手指剑气如虹
穿透时空　激越光阴
仿佛这块薄薄的玻璃

就是他全部的江山和美人

谁能说清一个中年男人
对未来的把握
如此简单，此刻他
把一块极薄的玻璃构筑成
厚实的城墙
抵挡像海啸般袭来的空虚寂寞
这个姿势
终于成为他生活的常态
直到飞速滑动的手指把他削薄
直至涌动的人间烟火
从容把他淹没

苹果

是谁从中吃出了
欲望的味道
酸中带甜或
甜中带酸
甚至，甚至带着
一点点苦涩

此前，一把小刀
迅速在她身上游走
像一场华丽的时装表演
神秘的模特
总是在最后一刻
才褪去华而不实的外衣
再往前，她就是一个
朴素的果实

她曾经高挂枝头
成为一道风景线的
组成部分

她曾经开出
淡淡的花朵
接受野蜂狂热的爱情
让恣意的进入
延伸到不可触及的
隐秘深处
最后她以少女酥胸的样子
完成对人们的
纵情吸引

直至被采摘入怀
被轻松入口
彻底避免
一次绝望的坠落
和零落成泥
其实，被吃何尝不是
她最好的命运

露天电影

一束跃动的光
像魔术师的手掌
在白色银幕上变幻
那种声音通过扩音器
放大、传递到有些不真实
就如那些迅速切换的画面
目不暇接的生活在紧张上演

空地上有人长久驻留
有人漫不经心走过
还有人用眼泪、笑容和其他
丰富的表情
与那些跃动的画面遥相呼应

当夜色变深
当光影变得黯淡
当时间把故事夸张地诉说完成
当聚拢的人群慢慢散去
平淡的夜晚由此也就变得
更加丰富

日常生活

此刻
所有的充实
丰盈和喜悦
都维系在
一个篮子里
周末的早上
男人挎篮出门
像带着一个魔术道具
待他从菜场归来
篮子里会出现
新鲜的鱼
蔬菜和水果
却没有韭菜、香菜和蒜头
这些就像
一个个小小的笔误

早已被女主人轻轻擦去

还有什么
比飘香的佳肴
更真实、丰富、值得期待
就让时间
在锅碗瓢盆的交错中
悄悄流逝
毕竟，这样朴素的日子
才过得有滋有味

失语者

一架梯子被轻松移走
一匹奔马被隐形的绳子
绊了一下
从这头到那头
从上边到下边
一把失去准头的尺子
在丈量人生

从心里开出的花
无法在红尘中结出果实
而夸张的手势
在匆忙中表达了
缺失的因果
花朵早已成为一种修饰
被花瓶寂寞地叫喊

而时光的唇边
你的眼神如此明亮

光明的诗卷

把岁月凌乱的拼图
逐步变得完整

失眠者

黑夜的抽屉里
一定还散落着什么
让他在寂静中回忆
思索

灵魂的颗粒还在
风中飘荡
潮来潮去的瞬间
拍岸的浪花已碎裂成
一地的珍珠
让他努力地用光阴的暗格
收纳、整理
然后再四散开去

在无尽的黑暗中
这些岁月中落尽的碎屑
如同调皮奔跑的孩子
让长夜的舞台
上演着一出出
嘈杂的戏剧

直到黎明的号子
唤出红日这记重锤
敲打在你脆弱的记忆里

(作于 2023 年)

河西走廊（组诗）

舟　子

敦煌·莫高窟

鸣沙山东麓断岩上的佛教石窟群
莫高窟，就像一个神秘的潜伏者
小小藏经洞却被王道士无意中发现
敦煌与丝绸之路的交会终被洞悉

当大漠风吹拂着莫高窟飞天的裙裾
飞天的飘带仿佛一下子就把你系紧
因果，就像尘世间一切的谜
如此的起承转合般的收成

而结局与谜底显得并不重要
从"俗称千佛洞"到正式称为"莫高窟"
大地上的目光与收藏的精神
体现在不同程度的内容丰富上

"花赶来碰杯""蜂飞来诵经"
轻盈巧妙的飞天，飞得潇洒自如
而太阳终要下山要收回它的光芒
那就在暗夜里打开她的衣襟

光明的诗卷

073

莫高窟，不到一个时辰的走近
这只能导致一个旅人的伤感
这多像我们时代生活的列车
呼啸而过，一如飞天飞向高处的衣带

远古的伤痕，王朝的坠落
小小藏经洞成为离奇的软肋
那些如被狼烟熏落的夕阳
只能悬挂在大漠深处

人间悲苦，而灵才是内在的神
那些洞窟、佛陀、菩萨的供养人
不但"让活着的时间无限延长"
而且撑高了莫高窟孤独的天穹

表达对生活过的这块贫瘠土地的敬意
就像我的视线在莫高窟存在过那样
只是现在还有几人在提升灵魂的高度
望见高原上的雪用光芒将自身融化

在敦煌莫高窟，观望飞天菩萨

在与丝路交会的都市——敦煌
观望莫高窟里自如的飞天菩萨
那从春一般的小时空里放飞的
穿越而来的翩翩起舞的各式飞天
携带着古老年份飞翔吐露的气息
——飞天之梦，相隔无数个朝代
是敦煌一带最大的收成，趋于
圆满的窟顶，当"蜂飞来诵经"
"花赶来碰杯"，那些不同的飞天

不出声地隐忍千年月亮圆圆的乡愁

飞起来的飞天，肯定不是原上
开出来的连片罂粟，若"爱的口粮"
布置在本性方寸里，就像绿洲
是上苍对无边荒凉的一点安慰
想那迎面"向你走来"的历史人物
就如同走在"奇特的丝绸之路上"
像是云影掠过，仿佛存在已经醒来
让我们《又见敦煌》，又见《丝路花雨》
仿佛迟来的觉悟打开了一个个想法
宛如绿洲因荒野方显出生命的活力

曾经风沙漫天遮断望眼，淌下两行清泪
情怀开始西风东渐，扬鬃长啸的驿马
游历西部边塞，如秋风之辞
话古今漫漫光阴包裹的寂静
独是丝绸长线在岁月中蜿蜒
策马而过的那些留在洞窟里的良辰美景
行走绿洲之间，往返关内关外
穿越大漠戈壁，仿佛一切
已成定局，事物都会走着回来
就像"听羽毛从翅膀上飘落"

用洞窟藏经，堆积丝绸的血汗
而藏经的洞窟，一旦被打开
却如青春泛滥，像被狼烟熏落的夕阳
悬挂在大漠深处，似刹那愧对那永恒！
古道边的三危山，驼铃徘徊在孤岛
留下一个沙漠瀚海的旧时的伤痕
众神居住的地方，离奇的软肋

浮世的迷乱，起承转合的因果
朝圣者怀古的情愫犹如隔世的问候
梦回敦煌，包含人世间一切的谜

携一条生命的河流日夜不息地奔流
就像历史的轮回，就在那轴上转动
向我们涌来的这一条传奇古道

在艰难的生活里，耸立起通天的大道
就像蓝海，重复同样的事物
用水的柔软带动生命的厚重
而"岁月，有时是多么地徒有虚名"
"命运仿若支离破碎的星空"
海洋尖锐的声浪却清亮亮辽阔
"朝你们走来"的飞天梦、敦煌梦
曾被关据险阻，如今般若、自在
宛如向佛之心上可爱的飞天菩萨
仿若憧憬，犹如寄自嘉峪关的明信片

乘兴登上嘉峪关城楼

河西走廊自古就是沟通西域的要道
丝绸之路就从这里经过
从这里通向阳关玉门关
从这里通向敦煌莫高窟
从这里通向鸣沙山月牙泉
还通向那些云影一般掠过的存在

丝绸之路上的河西走廊
我穿过大冬树山垭口与你相遇
沿途认识景色里细碎的草色与牛羊

与山前倾斜平原的水草丰美
见证了河西走廊绿洲的魅力
和寸草不生的戈壁沙滩

当我乘兴登上大漠关城的楼台
那一条古道已经是如此地寂然
长城关隘外只有被游玩的驼队
于是在历史的声色中漫游
沿着河西走廊，张骞出使
玄奘取回了天竺的经卷
仿佛与班超并肩在烽燧间巡行
马可·波罗领略东土的神秘
长河洗亮落日，一唱三叠

还有那些被黄色沙漠掩埋的历史
多少断章！缘于画地为牢的心绪
苍凉的年代，绝唱汇聚之地
感受中，仿佛敦煌向我走来
小小的藏经洞在偶然中被打开
那是不识宝的朝代不识宝的人
宝物如此那般，被骗走了一半
而如今日子里敦煌的复兴
配得上它所经受的所有苦难

仿佛一场大戏，我却只看到了尾声
仿佛这样的旅行，也是千年之约
从嘉峪关深情地望向敦煌
我要用河西走廊的这一段
织成情怀中的丝绸衣带
就像飞天凭借飘曳的衣裙
飞舞的飘带凌空飞翔

光明的诗卷

自西汉张骞通西域
丝绸之路开通，盛唐丰腴
丝路商旅忙，胡商番客穿行如织
陇右富庶，而后进入长期的萧条
烽火碰撞，生态毁坏
天灾频仍，陷于停滞状态
于时间的隧道，亲临远古之惑
思绪丝绸一般地柔软飘逸

在河西走廊散落的遗影里
身临其境，探索的渴望
如听一夜西行之旅的驼铃
仿佛追踪一路向西的马蹄
寒星几粒　诗情冷峻
仿佛"肃州胸前敛聚的光芒"

剪取一段通关之路的黄金时光
金色的鸣沙山下，月牙泉微闭媚眼
敦煌的奥妙如轮回之道生长
真是又见敦煌，丝路花雨
梦回敦煌，敦煌盛典
敦煌佛窟，边塞神迹
河西走廊就是一条时光的大河
源源不断流出泉水般的灵性

走廊是飞天遗落的巨大绵长的飘带
曾经"丝路花雨"，一路缤纷
当落日的余晖照在群山与咽喉的谷地上
古老的河西走廊，行者无疆
诗情万千，仰望雄关——

"朝宗""会合于极边"

看嘉峪关关城，城楼巍然拱峙
北凭马鬃山，南据祁连山
两边的"明墙"与"暗壁"
更犹如猛虎长出的双翼
前后左右烽燧、墩台
狼粪火种，辰开酉闭
任"十万流沙，集体吹鸣"神谕
"山似英雄水美人""谈笑说封侯"

回眸茶卡盐湖

那被大海遗忘在高原上的盐粒
它的咸仍坚守着相隔千万世的约定
当雨水不断地将盐分从山上带下
这些浅蓝的思念蔓延成一湖卤水

这是可让中国人食用 100 年的矿藏
结满盐碱的土地，盐不是虚拟的命题
云朵是盐湖前世就开始邀约的知己
白云似脱胎于毗邻而居的皑皑雪山

沿着滩地上的窄轨开过来的小火车
多像童话时代的列车，呼啸而过
一站、一站，人为地"制造了远方"
仿佛要让我们接近蓝天上的白云

茶卡用"天空之镜"填补言语的空隙
就像在青藏高原的境界里删除盐的杂质
茶卡盐湖的蓝映衬着那一艘白色的小舟

光明的诗卷

浙江电力
文学丛书

诗
歌
电
影
剧
本
卷

享受过程里的蔚蓝，谜底似乎并不重要

青海有无数这样的"有盐的海子"
在丝绸光芒掩隐下的高原之路旁
就像"天空之镜"已经照见的本色留存
张开双手，环抱静谧的明镜似的仙境

（作于 2022 年）

电力群像录（组诗）
——致工作在一线的师傅们

周星宇

罗哥

有人叫他罗总，有人叫他罗师傅
我叫他罗哥
2008年，很多外国人来中国游览
而他去了刚果（金），后来去斯里兰卡
再后来他的皮肤变得很黑
带着一群同样黑的川工
植出了一座又一座的变电站
而在变电站出现之前，他带我去踏勘
空荡荡的站房里
我看蓝图，他在纸上画图
在他的图上，我们站在变压器的位置
很久都没有动，像变压器一样
他也黑漆漆的，显得严肃
我还没刷黑
有点惭愧

杨郭强

杨郭强好像姓郭，都叫他郭强

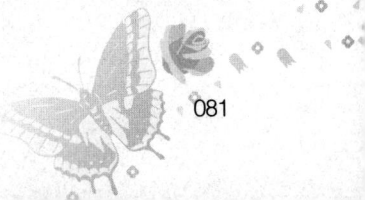

他人高马大，也很胖
去年夏天，他流了最多的汗
听说还中了暑，后来喝绿豆汤
没人跟他抢

第一次见到他，是去做气室处理
他力气大，我也卖力
那一天很累，黄昏的时候我们等着真空抽完
除了真空泵在响，只有郭强对着夕阳呼啸
他的嘴张很大，夕阳一口一个吃进去
天就黑了
我们在站里吃了盒饭
他说他没吃饱

张师傅

张师傅活干得"地道"
他指挥吊车，像摆弄个大玩具
快一米九的杨郭强也没他威风
张师傅干过线路，现在干变电
他跟我讲了很多东西
像个没授文凭的博士
张师傅来自四川，但又区别于别的川工
张师傅叫张师傅，从没有人叫他
安全帽上的名字
张天顺

魏聪

魏聪真是个可爱的人，很多人叫他聪——
拉着长音，于是他探出头来

带着动物一样的呆萌
我常觉得他该早些出生
跟罗哥一起去刚果（金）或者斯里兰卡
和热带的动物们一较高下

有段时间，我们一起做电缆终端
我跟在他屁股后面学了很久
他跟在别人屁股后面学
他的天赋比我好
我犯了很多错，都是他弥补的

蒙师傅

为什么都叫他"阿牛"师傅呢？
我问了好多人，没人告诉我
他是个温和的人，懂得也多
应该去当个教授，"阿牛"教授
他喜欢干活，也喜欢教人
常让我想起知行合一的王守仁
2021 年的 11 月，我们席地而坐
手里蓝图夹着白图
泽悦变仿佛变成龙场
那一天他教我们走路
那是一条控制回路。如今
我们已能走得更远一点

杨经理

杨经理不怒而威，刚开始我看他一眼
要看会地面才能调整过来
他是我见过最认真的人

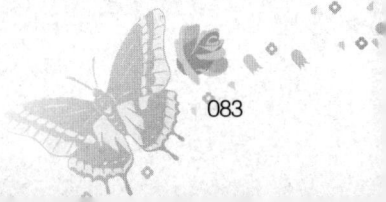

光明的诗卷

每天等我们收工回来
有时候我们都累了，他还不累
点一支烟，听我们讲
等他讲的时候
从今天到明天，从短期到长远
他边考虑边讲。我们当时面面相觑
直到今天才听进去

王师傅

王师傅长得很高，我们都像他的孩子
恨铁不成钢的时候，也会敲打两下
我是被敲打最多的
但我又愚笨，不长记性
回想起来，只记得有一次
他跟我说：要干点实在的

冬天的哈气很大，那句话很显分量

（原载《脊梁》2023 年第 2 期）

天上地下，那些执灯若星的人 (组诗)

周星宇

杭州湾在等一辆工程车

夕光以后，夜色加入我们
杭州湾，遥远的一座铁塔在等候
涌来的海风逐渐有了形状
比如夜空中一根若隐若现的银线状项链
还有项链上悬挂的
一个个铁塔状的吊坠

那时候，所有工程车都在回家的路上
但这一辆，正向着杭州湾深处驶去
喇叭口一样的杭州湾，终于发出一声呼唤
于是轮胎，就有了焦急的回应

呼唤是嘶吼的，回应也是
在一切嘶吼的努力下
杭州湾躁动的夜空终于驶入
这辆明黄的工程车，它就像夜空递来的
一颗行侠仗义的太阳
发出正义而又和蔼的光

摆渡人

一滴汗水落下来
一片腥咸的阵雨落到大地头上
在银线上远眺的摆渡人
夹杂着高耸和俯身

北风造就的抖动远大于南风
摆渡人稳住舟楫
漫长的摆渡固然禁锢了他的双手
但无法禁锢，那穿云破雾
紧紧吻合着银线的双脚

那双脚
就要驶向无数人可望
而不可即的铁塔。那铁塔的下面
森林和麦田一唱一和
所有刈麦的农人抬起头来

此刻
辽阔的杭嘉湖平原上，铁塔
就站成了最高的峰
而站在塔上的摆渡人，就是最贴近人间的神

用光阴换取光明的人

更大的光明就要调集更多的光阴
一座变电站配合着平原的铺展
把光明递送给每一株草，每一棵树

去年，一公顷的麦田抚慰着
身下娇嫩的土地
今年的这一公顷，伸进来砖头
水泥和钢铁，伸进来工程车，工人
还有保安和伙夫

临时工棚，临时性地住了一年
一座变电站终于能够看清
那么多鸟毗邻着天空，那么多
麦穗举起麦芒，像在欢庆大地上新生的
一个会发光的物种

而这一物种的创造者，这些
用光阴换取光明的造物者，他们背后
一整个变电站的光穿在身上
黄色、蓝色、橙色的光
集结为一道紧紧拥抱着麦田的彩虹
就要拥抱更远更远的大地

站中

我的眼前一再重复这一幕
你的背后是八台吊机，正在伸直手臂
对着天空拨弄
有时候它们把太阳吊起
有时候把白云吊出来
你感到凉爽的同时吊机喘着粗气

日暮时分，你在看夹缝中的夕阳
吊臂分割下的天空瑰丽
似乎集中了很多不同的黄昏

光明的诗卷

新换的瓷瓶在夕光中璀璨
一切不施粉黛的，都有自然之美

终于，太阳放下吊机的手臂
而灯光接过太阳的棒，你仍未平息
绝缘鞋踩在绝缘的草、土和水泥路上
连脚印都是绝缘的

这工业化的一幕夺过我的注视
你在灯光中反射着光
你走的方向是由远及近
你叫我的名字
我的安全帽就有了安全的底气

摇篮

工程车是我的摇篮
我在梦里有一项伟大的工程
一片蓝天等着我爬
一朵白云等我系挂
我手中握着与它们沟通的钥匙
那是座铁塔，我要把它插在天上
以此调动所有隐秘的财富
苍鹰掠过苍天
日头奔跑如牛马
我为这财富而生的悸动，隆重且巨大

他呀

他呀，老井般纵深的人
把一生磕过的头都给变电站

黑发变白，不白的舍弃
钢筋铁骨安全帽，一毛再不肯拔

他曾九死一生地从电场中走过
几乎走出一个好汉似的结局
但世界仍是绿林
放行了一切劫光明济黑暗之人

当他率领更小的他，走进
变化中的电的压力、电的流淌
变化中的汗滴、慰问品和集装箱

走进工业的大门、工业的建构
工业的劳动和工业的呼吸
那时，工业的歌曲震耳欲聋

他听到了
更小的他挖掘着耳朵
一百座变电站听到了
一千架铁塔正向着祖国的边缘出发

（原载《江南》2023 年"光耀亚动"专刊）

地球村（组诗）

筏　子

地球村

沉溺于书本
你一直迷恋。时间指针
指向开满鲜花的庄园
那里四季分明
人们感觉寒冬到了
就抱团取暖
孤独了，就一起唱歌跳舞

在那里天天有愉悦
天天有劳作陶醉
有收割不完的欢声笑语
那里供给的心情
毫无农药污染的惬意
没有仇恨浇灌的战火
那里鲜活营养无公害
一日三餐饭菜吃勿厌

这就是地球村
不分高矮胖瘦，黑白棕黄
都是人，一家人

只是这个族长
该称之为"球长"了
得把战争封存

立春之日

冬眠中醒来
太阳，刚从山峦的东边冒头
我的目光就像野兔般奔跑
周围的树木
更光亮更苍翠了
充满善意的风声里
没有了任何庸俗的耻笑声
这是一个令人愉快的
春日早晨。我的目光越过
向阳的南坡
坡上光秃的额顶竟冒出了
新的鬓发

奢望
——答天界兄

这些年的囚狱
诡异的幻觉，不停地侵扰
梦中的手势在墙上开窗

我的内心，就突然澄澈起来
奢望再次进入河流
放筏的人们顺流而下

那些筏子客踩上浪尖

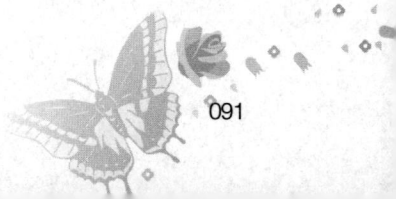

光明的诗卷

高歌猛进。而我浑身上下
水淋淋的

就像一只知足的水禽
站在浅湾里

这架梯子

你所向往的
温馨生活。现实与神话
雌雄同体
想象，仅仅
只是憧憬
而虚构可能是真实的

通往天堂的走廊上
小天使绕柱飞行
我初来乍到，橘林已经
一片金黄
飘逸成熟、芬芳
这是它的可怕之处

天空忽地飘起雨丝
在林中四处转悠
我突然意识到
这架白色梯子
就竖立在天空下

你能拾级而上？

手腕的力量

渐渐地
轮椅取代了他的双腿
病房的走廊上
又出现了他们
夫妻俩的身影

在这布满异味的走廊上
也排列着好多床位
这里有许多疲惫的眼睛
小心翼翼地
来回走动

轮椅上的他
对朝他身边走来的人
习惯地伸出右手
做出掰手腕的手势

一下一下地
他扳倒对方的手腕
人们都善意地笑笑
不断夸他

（作于 2019 年）

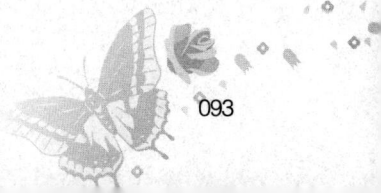

似梦非梦 (组诗)

筏 子

旅途

我曾经南辕北辙
掉转方向
不得不昼夜兼程
但我已满头银发

疲惫的车轮
踩响富有弹性的月光
不平的路面
发出不同的声响
额头有三道皱纹
一同跃起
如三位奔跑者越过跨栏
影子一直追随着我
跑出"庸人充塞城池"
跑出闲置已久的田野

转过头，我毅然
向过去挥手

追思

当草丛中的蝴蝶
穿梭于安谧的空间
我开始清晰地意识到
梦中的手势
有一个秘密的契约

你须发飘飘
带着一身雨水和微风
骑上白马，背着诗集与酒袋
越过生命的边境线

清明时分，我的追思
从落日时分
一直闲坐到午夜

选择

洪水已经开始泛滥
谁，还在强调"诗歌需沉默"
在沉默中展开

一批批筏子客，早已提前启程
水像群马奔腾而来
潮湿的日子
白天是水黑夜也是水
擦不亮每一根磷做的火柴

传闻中的丑小鸭

光明的诗卷

正在变异为小天鹅
而我，不可救药
像鼹鼠一样埋头
挖掘水中
一株株折断的树
筑巢，这显然
不是明智的选择

我，最终还得浮出水面

信使

那是候鸟的天空
在记忆的视野里
盘旋、飞翔
来回地穿越风雨
恋人们，生活在甜美的片段里
她们热切的嘴唇
以一种充满期待的姿态
微张着

该不会你就是那只彩蝶
居无定所的那个游民
信使在临近，航行途中
一次优雅的殉难

入夜，不安的灵魂
剪灭僧侣们幽暗的烛火
你的内心独白
从远方赶来，风尘仆仆

窥视

"在繁花中栖居"
蜂与蝶
谁能察觉针孔般的摄像
在窥视

枝头的鸟儿
一声声啼鸣，有谁倾听出
这种异常
如暮色在大地蔓延

审视与反省
被窥视窃听
暗暗的影子灵猴般
在树丫间跳跃
只有到了暗室才能呈现
自由的哭泣

谁能印证女娲补天
谁能监控到弥留之际
"雪来得太晚，灰蒙的天色"
灵魂飞升

宽恕

乌云化雨
而落地的雨水
在强冷空气的暴力下
变成冰

光明的诗卷

浙江电力
文学丛书

诗歌电影剧本卷

当臭味与臭味相投
有一种闻着臭
吃到嘴里的"香"
在立春之日
我尝到追忆的滋味

说吧，慈悲的智慧

一片枝叶在风声中掠过
行走在长途的路上
何日能到尽头

有高人指点说
有音乐与光亮，好比水和粮食
就足够了

说吧，快乐
还有谁能封存人类的后花园
石板压着泥土
压不住雨后的春笋

说吧，善良与美丽
你酿造烈酒
何以不纯而蒙丑

说吧，南郭先生
你都不再想"滥竽充数"了
世道变了

我们不能

因宽恕而获得心安
因死亡而获得永生

（作于 2022 年）

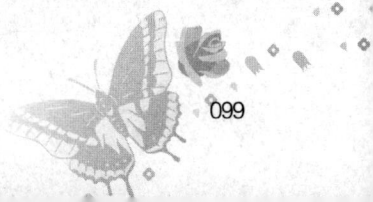

湖州回眸（组诗）

何伊娜

南太湖

带上一把心事去看你
在临秋灼热的暑气里
跟随一朵莲花　归去
从海乡到水乡
静谧的蓝　湖色的蓝
夕阳下　波光潋滟地妖娆
像美人鱼游弋的弧线

我从船的世界专程而来
就为看一眼你的模样
身边的那汪湖　叫太湖
身后的那片海　是东海
还有一个叫狮子的渡口
水　漫开月亮湾的倒影
苍茫的暮色里
一片泛黄的诗笺

水在南　水在北
东风吹来的时候　湖水低眉顺眼
船在东　船在西

以水为媒
一点一点说破从海滨到湖滨的距离
红装十里　一路吹吹打打

湖笔

一杆笔
立在盛夏　天高水阔的街头
历史的兴衰和草木的荣枯
臣子的国忧和百姓的家计
以及长夏里微微蹙起的闲愁
瓜熟蒂落

一方墨痕
在一个被称为善琏的小镇里长住久安
从春天到秋天
好多年未曾远行
所有的风景都在笔墨洇染的痕迹里
那些文赋和辞章
是被历史安抚或者虐待的孩子
没得商量

夏夜的长河寂寥
捧一本宋词
在一盏茶的光阴里忘却今生
回顾前世的深情
省却欲望和焦灼
罔顾烦琐和冗长
而人间　烟火正浩荡

古镇·新市

莲子和菱角　临水而居
我们偎依在雕花的木窗下
吃霉豆花生
喝明前的白茶与新酿的南浔酒
倚着美人靠　谈论诗歌和人生
用一把轻摇的丝绸扇子
送走年少轻狂的过往

夜总是太长
焚香　煮茶或者思念
旧街的老墙上
挂满时光的回忆
河流清浅　相思万朵

我常常想就这样回到从前
那时节　繁花漫上枝丫
你豆蔻芊芊　青丝洗铅华
古镇　新市
门楣上的旧字泛着时光的底色
岁月的水墨里
我素衣锦心　他乡再遇故人

（作于 2019 年）

湖　州（组诗）

倪雪华

湖州·二姑米糕

把糯糯的词糅到米粉里
湖州的月色格外甜
淌回最初的稻田和水
凝重地笼罩在洗沙的
甜蜜和组合里
舌尖行在深深的雨巷
一块糕一再切换
细雪般叙述着灯火
我在品尝中心生闪电
那糯糯的气息
我闭口不言
却说了全部

湖州·十里银杏

让一片叶子卷走风
修复时间的雨和雾
秋深处，绵延十里
一片金黄里修着一座庙
深吸一口炊烟

光明的诗卷

吐出远山的祝福
我在等待一阵风的驱逐
将你修辞成最后的黄昏
交给斜阳中的窗
一把空椅子
复活了十年前一对情人的
最初的誓言

湖州·小莲庄

围着一池雨
恰似最美的隐喻
漾出眼眶的倒影
遗忘就是最好的记录
我要把自己
泅渡出欢腾的渊底
常常用那隅月色
模仿你看我的眼神

湖州·紫笋茶

时间所剩的雪
仍在《诗经·小雅》里下着
那一朵神秘的蓝
是被放生的历史
是茶之经的冷热
交替着上演人生
直到山里的清泉
沏开一林紫笋
从另一个尘世里浮沉
出太多重逢和别离

湖州·太湖雨

黄昏的雨
追随萧疏的游伞
错放了黄昏的书
彼此尚余扇窗的风
十年，落边湖苇
就像此刻，我们若雨
悄悄吐出一湖碧水
泅渡一座转身的桥

（作于 2023 年）

今天，是寻常的一天 （组诗）

李 沙

今天，是寻常的一天

今天，是寻常的一天
我和妻子像往常一样起床
不一样的不过是
今天是大年初一
我们笑着对彼此说，新年好
她穿上白大褂
我戴上安全帽
再见
接下来的夜晚
记得用手机互道一声
晚安

今天，是寻常的一天
我和我的兄弟
带着抢修设备赶往故障现场
不一样的不过是
道路封闭，村庄管控
车辆不能到达
那就
弃车、步行前往

今天，是寻常的一天
班前会、安全措施、注意事项
敷设临时线路
安装照明设备
这些活儿我们样样在行
不一样的是
这里是抗疫最前线
我们手捧光明
点亮前线的每一盏灯
温暖坚守在战场上的
每一个人

今天，仍是寻常的一天
医院不能停电
被病毒袭扰的人会得到及时的救治
工厂不能停电
医药器械生产流水线必须马上复工
百姓生活不能没有电
因为
我们要让他们在这样一个特殊的春节
只觉得
今天
仍是寻常的一天

唯愿往后余生
每一天
都是寻常的一天

谨以此诗献给电力员工宋元和他的妻子。宋元，国网丽水
市莲都区供电公司大港头供电所负责人，共产党员。他的妻子

李艳，是丽水市中心医院的主管护师。在 2020 年这个特殊的春节，这对"硬核夫妻"挺身而出，坚守各自的"战场"，携手奋战在保电和防疫的最前沿。

（作于 2020 年）

去石仓

杯中酒借我
赴一场未定之约
素履孤途
贪杯之人从来不计较酒量

我不要用一个词语去解释另一个词语
你只需听我在月光下吟咏
反正我们有的是时间
将一块一块石头垒砌
将一张一张契约封锁
今夜
让我将故乡抛弃

只是我欠你坦白的哭泣啊
只是我要把我的眼泪送给你
杯中酒借我借我
来年我便还你

来年
或许

（作于 2021 年）

夏日寂静

繁盛的植被使夏日寂静
蝉虫鸣叫使夏日寂静
山涧中缓缓游动的长蛇使夏日寂静
午后窸窣人语使夏日寂静
月光下碧波柔柔
晨光里桃子香甜气息
少女雪白双足
微微黏腻的凉席
空调机嗡嗡作响
夕阳落下
夏日是一场巨大的寂静
如果我不能用汹涌平息汹涌
且聆听这巨大的寂静

（作于 2021 年）

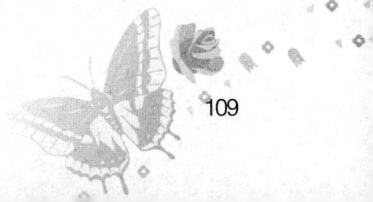

浙江电力
文学丛书

诗 歌 电 影 剧 本 卷

平凡之石

——此诗献给楼安福和他的伙伴

李 沙

在这座由石头筑造的城中
我，和我们
千锤万凿，出于深山

我本是平凡之石
当我卧于溪底
清泉从身上流经
磨去粗粝的外壳
我知道，石头也可以如此润泽

我本是平凡之石
当我立于崖壁
烂漫山花绽放
蝴蝶息于石上
我知道，石头也可以这般芬芳

我，和我们
手牵手铺成服务人民的石桥
肩并肩站成忠于祖国的大山
在风雨中以石头的坚硬守护
在岁月中以石头的质朴担当

"石，我之本色"
我们，是石头，亦是工匠
我们，打磨自己，雕刻自己
直至看到七彩的斑斓，闪耀出
绚烂的光芒

我，和我们
在石头上书写答案

（作于 2023 年）

注：楼安福，男，汉族，1964 年 9 月出生，中共党员，国网缙云县供电公司壶镇供电所技术员。2014 年被评为国网浙江电力第三届劳动模范，2018年被评为国家电网有限公司劳动模范。楼安福劳模工作室两获省级标杆荣誉，成为国网劳模创新工作室示范点。

光明的诗卷

111

悬 崖

李 沙

我立于悬崖
风在耳边猎猎作响
我望向谷底
火红的杜鹃一路盛放

与我并肩立于悬崖的
是你吗
风拍打着你的头发
鼓起你的衣衫
我轻轻问你
怕吗
你淡然一笑
没有说话
你只是立于悬崖
任风呼啸
目视远方

远方
是百年前的 1917 年吗
你用响亮的啼哭与这个世界打了第一声招呼
远方
是一百年前的遂昌金竹王川村吗
那是你初次与这个世界见面的地方

我知道

你们家，是乡里村间远近闻名的中医世家

儒雅开明的父亲教你识字习文

富裕殷实的家境让你步入学堂

我不知道

你的父亲，有没有后悔过

教你读过的那些书

使你选择了这样的一生

早早抛下他们

去追求平等、自由、解放

你的一生

应该是你想要的一生吧

如果没有读过书

你的梦中不会出现秋瑾和花木兰

你的梦想是和秋瑾一样，打破封建，男女平等

和花木兰一样，投身沙场，抗日救亡

你在书中寻到的那些理想

让你对新世界生出了向往

1939 年

你加入了中国共产党

为了增强浙西南的革命力量

你放弃了去延安的梦想

不是命运选择了将你留下

是你选择了留在这片土地上

与这片土地的百姓共同面对苦难

迎接希望

你高谈国事，宣传抗日

你经商筹资，支援抗日

1943 年的你
有一个志同道合的未婚夫
你们爱国，抗日，却因此受到监视
春风沉醉的夜晚
本该与爱人相拥，互诉衷肠
你却与你的爱人匆匆告别
带着你要保守的秘密
被押向牢房

我只能凭借想象
去回放你被押送的这一路上
你内心所经历的波澜
二十六岁的你，风华正茂
山路崎岖，却有无限风光
你不可能不留恋眼前的一切
然而你，和党托付给你的秘密
绝不能落入敌人的手中
二十六年的人生在你眼前一一滑过
时钟的分针不过往前跟跄了两三步
再见
我的父母
再见
我的爱人
再见
我自己
你与这个世界一一道别
你要用生命去拥抱新世界

你立于悬崖
风拍打着你的头发
鼓起你的衣衫

你纵身一跃

身姿决绝，像一只鸟飞入山林

像孩子，投入母亲的怀抱

风的手掌将你托起

你最后的呐喊在山谷间回荡

我愿意为党和人民献出一切

包括，我的生命

杜鹃花的泪水染红了山谷

崖底的溪流轻声为你歌唱

你的纵身一跃

决绝得，不像告别

因为你知道

悬崖

是你通往新世界的

必由之路

火红的杜鹃开满整个山坡

春天的风温柔地抚摸着我的头发

我立于悬崖

听到

一个二十六岁的姑娘，清脆的声音明媚如阳光

你好

新世界

我是，谢如兰

［原载《永远跟党走　奋进新征程（诗歌集）》，中国电力出版社，2021 年 6 月出版］

注：谢如兰，女，1917 年出生于遂昌金竹镇王川村。师范毕业后，投身抗日救亡运动，1939 年加入中国共产党。1943 年 5 月 11 日被捕，5 月 12 日在被押送途中，跳崖牺牲。

光明的诗卷

115

浙江电力
文学丛书

诗歌电影剧本卷

在春天，见证一树一树的花开 (组诗)

林新娟

在春天，见证一树一树的花开

何其有幸，在春天
见证一树一树的花开

各色的花，布满古旧的梅桩
枯朽的桃枝，十万亩的油菜田
还有老屋的墙角边

孩子们用双脚击拍着大地
指指天，指指地
指指花开花落
鸟雀在飞翔，歌唱

明年，他们就长大了
眼里蓄满春光
他的小辫子在虎头上晃动
笑声，撞击着春天

水杉的四季

真的，门一开一合

水杉就绿了

它去年的枯枝
还在我的书中呼吸

那个冬天，我从树下走过
它落在我的肩头
恰到好处的缘分
彼此走过冬夜

距离

也许这是最好的约定
不必相守，不必挂牵
转身遇见的那一刻
原来你也在这里

一切都是芬芳的代名词
转角遇见的喜欢
从一个家到另一个家
生命的表达，只是一场
春雨的距离

花落，叶败
泡桐，掷地有声
鸟儿在花间朝会

我看见，一朵花的陨落
一场自然的祭奠

光明的诗卷

重启

黑暗离光明最近
穿过隧洞
知觉在春天里苏醒

天上没有星星
还好地上有心灯
从一粒油豆，到一世的
执念
天光撑开心门的刹那
人间重启温暖

一树枇杷已落尽

从开花结果
再到果子落尽
树下
没有一个人来过

鸟雀天天来
来看花开
来陪果子成长
果子坠落

一棵树的寂寞
有风抚过，鸟掠过
有阳台上的目光
亲过

一颗心的寂寞
有谁来温暖

无题

梦中失业
在黑夜里穿行
寻找活着的粮食

踉踉跄跄
一场秋雨一场凉
枯叶铺了一地
盐，空了货架

一场倾倒，全球辐射
恐惧，焦虑，担忧
谴责
海洋生物在悲鸣
海啸淹没泪水
风霜糊了脚印

（作于 2023 年）

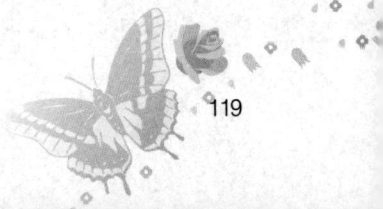

援　藏（三首）

马秀林

长相思·节后复工[1]

山一程，水一程，却向羌塘那曲行，节后忙复工。

风一更，雪一更，脱贫攻坚[2] 犹未停，决胜小康中。

注：

［1］写于 2020 年 2 月 19 日。2020 年 2 月 19 日，国网浙江电力 24 名长期帮扶人员按照复工复产的要求，统一从杭州出发到那曲。

［2］那曲"三区三州"深度贫困地区配网建设工作作为国家脱贫攻坚的支撑，国家电网公司要求 2020 年 6 月 30 日全部通电。

江城子·羌塘高原好风光[1]

羌塘高原好风光，圣湖蓝，雪山靓。牦牛成群，白云逐羚羊。变电施工难尽望，工期紧，银线长。

风裹沙尘鬓满霜，风雪扬，又何妨？万米高原，电力男儿强。待到双湖[2] 通电日，华灯亮，舞锅庄[3]。

注：

［1］写于 2019 年 7 月 31 日，作者参与"三区三州"主网工程建设有感而发。

［2］双湖县是中国最年轻的县城，2012 年 11 月 15 日国务院批复设立双

湖县，2013 年 7 月 26 日双湖县政府挂牌成立。也是中国海拔最高的县城，县城海拔 5000 米。双湖县城现在有新能源光伏电站供电，国家电网计划 2019 年 11 月 30 日在双湖县城通国网电，保证供电可靠性。作者 2018 年 10 月 15 日挂职国网双湖供电公司综合管理部主任。

［3］锅庄舞藏语意为圆圈歌舞，是藏族三大民间舞蹈之一，在西藏特别流行。

卜算子·咏草[1]

风吹小草绿，雨落春又回。遥看西边拉姆山[2]，娇艳欲滴翠。小草不争春，也无花香蕊，纵使生命一月余[3]，也使游人醉。

注：

［1］写作于 2016 年 7 月 2 日，当时那曲小草刚刚变绿。

［2］拉姆山指塔恰拉姆山。

［3］西藏那曲或双湖小草的生长周期很短，从小草变绿到变黄，只有一个多月到两个月的时间。

（作于 2020 年）

思 念（组诗）

宋秀华

思念

思念是一束雏菊

明黄的花朵散发着幽香

那是温暖慈爱的底色

思念是一只白色的蝴蝶

无数次扇动着翅膀

不管飞得多么遥远

这一日，都要回到身旁

思念是一杯黄酒

祭洒在墓碑前

那是怀念的味道

时间越长越发浓厚

思念是插在泥土里的香烛

烛火的气息十分安详

三炷香烧得很旺

女儿已长成我年少的模样

而我却变作了您

说的话都一模一样

（原载《神华能源报》2020 年 4 月 7 日）

涅槃

夜深沉，一号炉炉膛煤已燃尽
灰渣已没有余温
今夜是炉膛和渣斗在一起的最后日子
一个令人振奋的好消息，那就是：
600兆瓦机组锅炉整体接长技术
将在北仑公司诞生

听，海风呼啸的声音
还记得吗？1991年
也是这样的风声
滩涂上突兀起了钢铁的轮廓背影
炉膛里跳动着火红的心
水冷壁的血管里血液在沸腾
年青的身躯从此谱写光明

还记得吗？
那些无情伤痛的过往
那些辛苦沧桑的日子
不允许倒下，不可以放弃
克服困难站起来，顶天立地站起来
是众志成城的希望，也是号令
当春的藤蔓再一次攀上枯枝
600兆瓦机组重展身姿

听，铿锵的脚步声
从蓝色到灰色，从灰色到土黄
不管工作服的颜色如何变幻
都能认得，就是这张脸

光明的诗卷

123

27 年前，那是初次见面
安全帽、手电筒、记录本是标配
如今，稚嫩的脸庞写满成熟的风韵
双鬓的花白藏在帽檐下
脚步依旧铿锵

告别了，就在今夜
不是溃逃，更不是离弃
离别是为了更好的相见
只有涅槃才有生存的希望
当海风再一次吹响号角
630 兆瓦机组将以全新的风貌
把光明带给祖国，输向远方
照亮一个个乡村，温暖一座座城市
实现电力人追逐光明的志愿、理想

（原载《神华能源报》2020 年 8 月 14 日）

风一样的女子

很多时候我觉得
你是风一样的女子
温柔也好，叛逆也罢
都是青春里你最生动的模样

卖萌、撒娇
化作暖心的小棉袄
那不是三月的春风吗
我把目光停驻
在你笑盈盈的娇俏唇边

我确信，你是风一样的女子
嘶哑的嗓音撒着野
把拳头握成倔强的姿势
一个"不"字成了所有逆风的帮腔
任性得要同整个世界对抗

雨点沾上了你的头发
你和雨点赛跑
轻轻抖落它，远远甩向身后
不长也不短，1500 米的长度
同学们撑着伞观看
这风一样的女子
从运动场跑上领奖台
扛下一块奖牌回家

奔跑吧，青春不停步
每一缕风都要奔赴远方
你就是风一样的女子
我静静凝视

(原载《神华能源报》2021 年 12 月 3 日)

常青藤

四季常青
攀爬是天性
不必依附于树的高枝
在泥泞里匍匐
依然能够延展生命

雨暴，风狂

光明的诗卷

125

酷暑，严寒
如倒悬的壁虎
在坚硬的石壁上攀爬
每一片肌肤，每一寸骨骼
在顿挫中屈伸
在不同的季节都自成模样

心生狂野啊！
不管怎样努力
都无法开出繁花
骨子里持久鲜亮的颜色
是删繁就简的美，即使
没有泥土、没有雨露、没有阳光
只要呼吸与血流没有截断
就依然能够活着
去感受生命与幸福的召唤

（原载《神华能源报》2023 年 2 月 7 日）

三亚行（组诗）

王从航

五指山槟榔谷往事

黎家阿妹二十厘米的短裙
应该是最早的前卫时尚
为了阿哥的满心欢喜
九旬阿婆还在编织着
少女时代的爱情

月光下的吊脚楼
依稀飘来久远的情歌
阿哥银白色的身影
衣料竟是见血封喉的树皮
也许那传说中的剧毒
远不如无法割舍的情毒

阿妹俊秀的脸庞
刻着匪夷所思的刺青。据说
为了免去被恶霸强占的遭遇
可不是谁都如花似玉
不是谁都倾国倾城
除非鹿已回头，生无别恋

光明的诗卷

127

大树清吧

离沙滩不远处
有棵大榕树。边上
几棵高耸的椰子树
每次路过，禁不住
被忧伤的音乐吸引驻足
歌手只有一个
也就是老板

不记得每晚唱了多少歌
可每场必唱《恋曲 1990》
这歌老得连路人都不愿停留
却让一群老外分外痴迷
围成一圈静静聆听

度假酒店的楼顶

碧海蓝天。耀眼的白色
炫耀着财富的豪华私人游艇
远处分不清椰子树还是棕榈树
近处一只公鸡立在石台上
满足地俯视着成群的妻妾

没有高度，满目光鲜亮丽
繁华掩盖了贫穷。人群中
更是无法分辨高尚与卑微
只有在这标榜着五颗星的楼顶
城市的污垢一览无余

天涯路

一不留神，走到了天涯
再走几步就是海角
飞机在头顶呼啸而过。故乡
也不过两个小时的行程
对着手机跟家人视频
且把南国的红豆留给古人

天之涯，海之角
断肠人伤心欲绝之地
如今却成了爱情的圣地
无数的俊男靓女慕名而来
海誓山盟。其实很多人
仅仅是给未知的将来壮胆

南海姑娘

粗壮的椰子树旁
依偎着婀娜的槟榔
海浪浸湿了你白色的纱裙
新月般的雾眉下
忧郁的眼神是你失恋的标签
此时的负心郎
或许正和新欢戏逐沙滩
他的幸福已经与你无关

哎呀南海姑娘
不要太过悲伤
睁大你灿烂的星眸

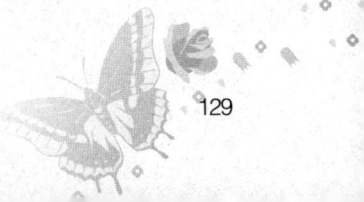

光明的诗卷

也许一个转身，有缘人
已经等着向你倾诉衷肠
网络上流行一句话
昨天挺好，今天很好
明天会更好

（作于 2020 年）

广西印象 (组诗)

王从航

漓江，诀别的相遇

和你相遇在猫儿山顶
那片八角田铁杉林的上空
紧紧相拥。化作雨
你落在山的那头
我落在山的这头

你一路向北
跨入柳江，辗转湘江
错过了秦始皇开凿的灵渠
无奈地跃入长江，直奔东海

我一路向南
恋恋不舍，十步一回头
百转千回，曲成九十九道湾
最后坠入西江，踏入南海

都说水滴都能在大海重逢
可你迷失在蓬莱仙境
我却断肠在天涯海角
从此音讯全无

光明的诗卷

131

漓江，孤独的旅程

登上桂林去阳朔的游船
按图索骥，女孩寻找着那些画面
顺着男孩的视线
领略着一山一石一草一木
触摸着男孩触摸过的物件

男孩微博的最后一次更新
永远停留在漓江的水墨丹青
顺流而下，深潭险滩，秀峰叠彩
延绵的凤尾竹，悠扬的牧童短笛
还有二十元人民币上的黄布倒影
83 公里的漓江精华尽收眼底

阳朔的夜浪漫而魅惑
女孩没有推开酒吧的门
按照约定，她围着线织披巾
戴着牛仔帽立在窗前
久久地伫立后，女孩黯然离去
她宁愿永远有一种可能，推开门
男孩坐在转角处微笑着向她招手

漓江，未知的起点

赶在两个台风的间隙
去完成一场秋天的旅行

车窗外流动交替的画面
是独特的喀斯特地貌

广袤的稻田，丛生的凤尾竹
和一棵棵挺拔修长的桉树

从北到南纵穿全省
桂北说平话，南宁说白话
北海的街名是一张全国地图
一路挥之不去的是螺蛳粉的味道

几个心犹未甘的人伫立在银滩
暴雨如注。望着汹涌的波涛想象着
北部湾上那个最年轻的火山岛
五彩滩、比基尼、摩托艇，还有香蕉

（作于 2022 年）

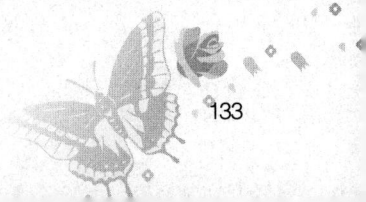

变压器

王洛枫

那个男人，是一台变压器。
那个男人，极其显然，是一台变压器。
无人关注的时刻，出于偶然，我观察。

我窥伺，他出厂的材质，他长年的损耗，
却难以透视他的内心，也难以理解其中运作的原理。
滚烫如太阳，精准如秒针，坚硬如钢铁，矛盾共生，
内心振动时融为山中钟声，沉稳、安定。

他行走在田埂上的样子就是变压器。
看得出型号老旧，可能比 S10 还老。
绝缘鞋一脚高一脚低，路和鞋底都被磨平，
安全帽以草编作了檐，挡住了脸上的表情。
高温作用下变压器油从领口和袖口渗出来，
低头看路，抬头既不望鸟也不望天，
抬头守望一根根直线，目睹其凭空延伸，
目睹其横贯大陆。"没有端点，无法度量"，
电的直线供应了世界幸福和美丽的原料。
那个男人的守望同样没有端点，无法度量，
电的直线从他的生命里穿过。

他和孩子比身高的样子就是变压器。
看得出运行良好，超负荷也运行良好。

使尽了浑身解数消纳世间的高电压，
算尽了经典函数传导温和的静电荷。
俯身弯腰仔细择洗蔬菜，丢弃破败的部分，
每日烹调一家之食，酝酿餐桌的笑话，
俯身弯腰仔细清洁碗碟，光亮生活的角落，
加重腰肌的劳损。他的家和他的变电站
在一天的不同时刻相互转化，模糊边界。
回想起当年基建的英雄气概——"星垂平野阔"，
身体内的短路阻抗短暂消失。

老旧的型号，可能面临淘汰了吧。
经年的磨损，多少有一些吃力吧。
滚烫如太阳，精准如秒针，坚硬如钢铁，
内心振动时融为山中钟声，沉稳、安定。

那个男人，是一台变压器。
那个男人，极其显然，是一台变压器。
无人关注的时刻，出于偶然，我观察。

（原载《脊梁》2022年第4期）

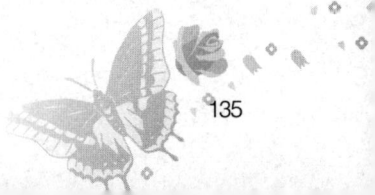

光明的诗卷

浙江电力
文学丛书

诗 歌 电 影 剧 本 卷

重新写诗

王洛枫

访
鱼鳞状的癫疤掩映着
意念荒芜的春色
方块的文字沥沥坠亡了
积灰暮鼓和晚风

寻
过时盟誓潮涌至脚下
碎步融解于混乱的编曲
拨弄电流但倦怠梅花
睑内见林鸮寂然之凝视

漫游世界难忘废园
觊觎梦的真实
选定最终幻想

重新写诗
重新长出手指
重新叩门
重新虚拟问候

（作于 2022 年）

爱如电 （组诗）

费宾秋

水电

不要再吟我住长江头
君住长江尾只是我们很久前的一个约定
城市匆匆忙忙的脚步里
机器高歌的轰鸣中
迷失方向的灯火阑珊处
我依然能听到
融化着冰雪的喜马拉雅
捎带了月光的山涧清泉
沉淀在大坝里的暴风骤雨
直至　我一触摸到夜晚的开关
你就明亮地站在了我的面前

无处不在

终于　我抑制不住想念你的冲动
从流淌着溪水的恬静
从埋藏的煤层的古老
从原子弹骇人的蘑菇云
从太阳的方向
出发　沿着电线的血管

从此　你的身边到处都是我的影子
冬天吹着暖气的电流
哼着流行歌曲的电流
放送着《新闻联播》的电流
打着游戏的电流
说着悄悄话的电流
和灯光下端详着你的电流

抢修

总是存在于不安分的夜晚
或者在冰冻雨雪的极端
抢修　还需要一种叫勇气的物资

悬挂在电线杆上的责任
肩扛着订单的机器轰鸣
小区居民灯光的琐碎
都放进了一只叫优质服务的盒子

束之高阁的危险
也改变不了你温柔的脾气
犹如你出生于潺潺的溪流
就像见到你总有初恋的感觉

我蹲守在盒子的心里
等待你的一声呼喊

夏夜

持续的高温熔化了夜色

负荷　灼红了电线
爆炸声中的火球吞噬了变压器
热浪无情地把人们的美梦烤醒

电话铃声是一句句命令
用勇气推开家的温馨
将责任扛在肩上
我们鸟一样地集合

备好材料也备好汗水的淋漓
安全是一支明亮的手电
照亮着熟练的动作　相互的关心
弹奏着一首深夜的进行曲

当疲劳交换来灯火通明
生活恢复了清凉的秩序
我们瘫坐着　清醒的眼睛
与星星同行

雨夜巡视

一片乌云从西向东走来
愤怒的能量　喧嚣
在黑暗里发泄着情绪

急促的电话打断了事故预想
跳闸敲打着每个人的神经
命令就在安全的范畴里下达

还是童年雨地里的嬉闹吗
或是恋爱时淋透的浪漫

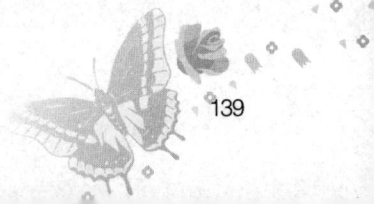

但今夜　心必须擦亮眼睛

青蛙埋怨打扰了它的欢歌
树上的鸟儿惊飞了梦乡
泥泞是桑地田埂的几个斤斗

当汗水雨水分不清纠葛
当每处蛛丝马迹都被梳理
之后　我们将驳接太阳

光明终于在疲惫中绽放
方便面里的笑容　浅浅的
不愿惊动女儿的好梦

（作于 2022 年）

真理之味 （组诗）

龚鹏兵

真理之味

一位青年，名曰望道
从分水塘而来
来时，布衫油伞，一笔一书
又从分水塘而出
出时，脚下力量，东方拂晓

渴望真理大道
分水塘的望道油灯
透过山窗，亮了中国
真是暖心如电

代替红糖的墨汁
被望道粽子蘸出了
信仰之光，真理之味
的确甘甜若饴

中秋问枣

这是枣林的季节，满山遍野的青枣弟、红枣哥
让故乡的云呈现一片金黄，一片繁忙

因为枣树，这里的先民变得勤劳勇敢、吉祥智慧
无须浇灌，不用施肥，却，成长了千年梦想，养育数代人的家国情怀

那是一片数不尽的枣林，秋风起唱穿梭，一句
八月中秋枣下苏州的童谣，欢奔在一亩三分地上久久回荡

此刻大枣璀璨如节，汇聚义乌的三宝五福
亲人祝福，从画卷中来，从物联网来，从诗歌远方来

这是一个梦开始的地方
——致新进大学生员工

一群有志青年，背起行囊
三三两两，四面八方
来到拨浪鼓摇响、鸡毛飞上天的神奇义乌
开启一个全新梦想的地方
你，我，他
融入无所不有，无中生有的奇妙之旅

他们风华正茂
工作三年学三年，生活三年梦三年
有人说，爬上电杆，走进变电站了
有人说，考出中级工，师带徒真灵验
有人说，翻山越岭巡线，电力工人有精神
黄金期里的黄金，不怕火炼，不怕雨淋
这里留下一个又一个的工友情、电网情、家园情
鸟在高飞，花在盛开，光明使命，人生豪迈
他们抖擞意气风发，走在逐梦理想的新时代

一粒种子播撒
正汲取泥土的气息，接纳阳光的温度

一轮明月高挂
仰望手指的方向，坚守足下的力量
一群年轻人正在成长
电力才俊将走进义乌电网的主战场
参与大规划、大建设、大服务
勤耕好学，刚正勇为，诚信包容，如拨浪鼓响彻百平方公里的铁塔银线
守正创新，追求卓越，让新一代电网人开拓泛在物联网的新世界

时间
正是磨砺石
是金子
总会发光
来吧，青年朋友们
为了理想与生活
在一个梦开启的地方
努力奋斗吧

老房子

猫在屋角蜷息，扮演各种表情
老房子是她的落脚点，也是最好伙伴

刮风打雷的时候，雕梁飞檐用足力气张开了胸怀
将抖瑟平息，慢慢读懂老天爷也有悲伤

或月下依柳，或狂流咆哮，猫都在重复着一个姿势
无影梳子，从前额梳到后背，又梳到了十指脚丫

猫不会说话，却有千奇百怪，风雨中数落日子
老房子一直默默陪伴，直到离尘而去

（作于 2019 年）

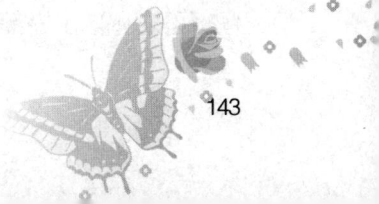

光明的诗卷

143

青春赋（两章）

李　栋

青春赋

若一岁之枯荣，当其青春为序。四时卒始，溥畅而下，润泽芳树，诸阳遽发。焕生气，驱沍寒，兴田畴，安萌芽。冰皮乍解，绿柳盈堤，山川新拭，云垂平沙。泛天宇兮清明，飞绿野之杨花。欣然肇兴之景，光纯天地之华。

夫人生之逆旅，则就青春发轫。蹈厉驱驰，遵道得路，素履所向，以求懋功。正冠冕，固明哲，怀耿介，重修能。志崇高岳，神明若水，德比炬火，其行犹风。沛乎少年英气，豪情寄于碧空。长秉弘毅之性，骛赴盛世之隆。

志登绝顶，身峙高峰，俯众山之渺渺，瞻云路之汹汹。班超投笔，负壮气而奋烈；闻鸡起舞，击楫图复汉宗。封狼居胥，冠军猛士之缨；抚铗悲鸣，会当痛饮黄龙。青云飞旗，红霓锦帆，青春壮猷，慷慨萦胸。破浪之风甫扬，沧海之日可拥。

神清如水，明鉴希微，上善之若，不滞方圆。利万物而不争，润千里于无间。冲波逆折之澜，其动若脱；万顷淑灵之恬，其静以渊。因势蜿蜒，且尽智者之乐；洞山穿石，逞虚柔以胜坚。濯垢涤尘，明本心而见性；激浊扬清，故志洁而行廉。

国罹灾殃，日月沉沦。拱己而待，青春之士不为；当仁不让，昭光振曜以旌。红船锐引，捐躯以襄炬火；踵武前贤，不啻烛豆之荧。赴长河而无声，倾葵藿之赤诚。弄潮竞渡，岂畏惊涛之阻？先驱挺劲，振翮复兴之征。

轻足凌虚，行效风起之灵；逾高绝远，越山海而溯滂。翔蓬蒿，逐林莽，翙溪谷，侵莽苍。腾乎太清，入乎渊泉，竭诚奔走，勤而弥彰。涉泥泞之窘步，迎长虹于高岗。披荆棘之路远，见孤勇之倜傥。

　　嗟夫！盛世逢春，当激扬以挥翰；袭故弥新，起鸿勋于垒土。贯缤纷之落英，采流光之坠露。天道酬勤，广舒可致之才；朗月生辉，烛照云程之路。笃行精真，何惧青阳之暮；青春黾勉，堪叹韶华不负。

（作于 2022 年）

肃州赋

（以"风华肃州正兴"为韵，依平水韵）

　　天合卫室之莹，地定禹鼎之雍。峙高山以启丝路，依弱水而绍来龙。八百里祁连天境，独厚沃野于域中。三千载岁月不居，梵呗共儒音同崇。天马来兮，彪炳卫霍之雄。燕然石勒，犹沐汉武威风。

　　蕴玉珍而生烟，富郊野而物华。五谷铺菜，果木甘芳，沟塍绮分，望之无涯。夜光满杯，彩映福禄之家。货殖远致，情彻一曲胡笳。铎铃培以清风，天光蕴乎丹霞。

　　逾瀚海，仰飞囡，凌平陌，拥巨谷。修藩篱以定西凉，驻玉关而御回鹘。烽燧悬壁，筑屏障以安黎庶；嘉裕垣上，起雄关以蕃六畜。

　　窗含南山之雪，月辉僧寺钟楼。红水穿碉，泽被阴阳之野；千佛朝宗，广渡善恶之舟。戍楼晓角，残星退而天曙；碧空平沙，鸿雁归而知秋。衰草连天荒丘外，古来万里觅封侯。

　　号为航宇新城，常称家国之庆。窥天机于太清，驭訾黄以驰骋。纳惊雷于芥子，功遂"两弹"之竞。访蟾宫而折桂，尊天数以为敬。慷慨怀正，且共精忠之至情；抱朴志道，乃从尽瘁之明命。

　　嗟夫，功崇唯志，业以勤兴。纳风云而舒啸，纵飞电以先登。隆世发轫，骅骝绝足青云，不辞精微，方成凌霄之能。素履云程，如日之升。身担民望，兀兀以恒。慨然而感，函纷纭于寸心；赋以致意，期肃州之新腾。

（作于 2022 年）

在大罗山（组诗）

李　茜

纯净

很久没看过那么蓝的天
仿佛清水洗濯过
纯净得没有一丝杂质
连白云都觉得自己是多余的
跑得无影又无踪

久旱的水库藏不下多余的心事
裸露出大片土黄色的肌肤
而在水的深处
时光似乎屏住了呼吸
清风不惊　水波不兴
纯净如冬之小令
却是欸乃一声山水绿

十二月的阳光深情绕指柔
给你一个温暖的拥抱
给你一份灿烂的笑容
纯净是你无法言说的美
且待陌上花开　缓缓归

遇见石头

是陨石从天空坠落
还是海上升起了礁石
散漫地落在绿色山背上
什么样的组合都令人惊诧不已

不要说像什么又像什么
一千个人会有一千种想象
它们自由地堆叠
不是为了完成设定的拼图
而是要包容、接纳、融合
呈现最自然的非凡

在大罗山遇见石头
可别把它看作风景
尽管它胜过无数的风景
它们更是富有生命的精灵
风的短笛轻轻一吹
满山就飘荡神奇的歌声

瓯尚驿墅

你的名字有点特别
好像时尚与乡野的组合
或许有那么些难以统一
却无可否认矛盾本身即是美

总是寻梦而来
相逢无数的前尘往事

光明的诗卷

谁在轻轻摇动
记忆中屋檐下的风铃

临水而居　向阳花开
把复杂的生活梳理简单
让无谓的烦忧消散风中
做你想做的自己就好

剪一段时光在紫藤花架下
读书是我们最美的相约
从前的日色变得慢
阳光里你说的　我都懂

花开为你

不是每一次等待都有结果
只是为了等你
我不怕在山中静静开放
也许你不会走过这条小路
也许你走过的时候也不会留意到我
可是我若不开放
你又怎能见到我最美的样子

不是每一次相遇都有奇迹
只是为了爱你
我只能在光阴里悄悄成长
也许永远到达不了你的世界
也许到达了也走不进你的内心
可是我若不向往
你又怎能读懂我含情的目光

所有的等待都是为了等你
所有的相遇都是为了爱你
当你走近 请你细听
那颤抖的叶就是我最真的热情

（作于 2019 年）

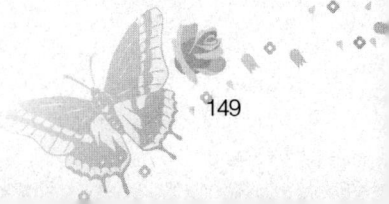

蝶恋花 (六首)

曹琳洁

蝶恋花

金束光阑暮远影，
莘草斜楼，褐云偎山颈。
薄衫牧风寒野炯，目眸许泪恋香琳。

执手疾步逆风行，
来亦彷徨，去亦别屿亭。
木桥水溢掠筏远，丽丽炊烟久长鸣。

青玉案

斜风肆拂万千树，灯满街，叶满路。
残月独倚孤星处。
一路长街，两路灯束，交织抚三处。

细雨飘雪漫空浮，只因无处同居宿。
今宵梦醒知何处——
唯有眉心，白鬓愁长，不知共谁诉。

西子·残荷香

别日阴雨绵，西子残荷香。
点点荷塘，对影成双。
静之含动，动美无章。
残留轻轻呼吸气香，韵语潇潇化雨情殇。
饮花落，落亦开，
醉一年红装。
偶闻雀鸟欢唱，细品戏曲徜徉。
梧桐蜕下，满地华裳，
倚待深秋脆响。
如风，吾之残。
如烟，吾之寒。
泪泪心伤。
跳泉，心印，悟双，
缘引无回望。
踩一念，鸢自翔。

秋思·候徙

北风起，
雁南徙。
只影相归去。
连绵雨，
桂香离，
梧桐铺满地。
梦寐异，
人相觑。
三秋枫霜遇。

光明的诗卷

隧冬幕春

幕姗姗
桐叶叶
草兮兮

光转的拥抱
痴痴的缠绵
手的弧线　斜切转角
是你飘去的方向
古老遥远的冰面
采觅阳光
徜徉冬日的寒洋

深邃的古巷
零落的衣裳
眼的那边　密密莽莽
是她离开的地方
娇嫩细软的柳枝
叙水流淌
放逐春日的怜望

泪依依
情婉婉
伤离离

烟花

霓彩绚烂午夜，
群丝惊恐天间，

魅色江庭，轮现。
一簇烟花，
几多缠绵。
盛放瞬间的美丽，
屏现五彩盛宴。
凋零瞬间的残息，
久留浮华潋滟。

烟弥乱，花不见。
是否世间万物，
一如烟与花的距离，
时而贴近，时而离远。
贴近时，默然飘凝，
离远时，挥之不去。

烟翼，殇憬，糜虚。
花赞，梦娆，萍聚。

（作于 2022 年）

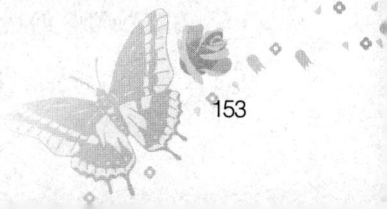

153

呵笔寻诗（十六首）

邓乃琴

呵笔寻诗

莫说时人不慕才，枯荣常向韵中徊。
吟眸一眨千帆过，冽酒三巡四季来。
疑是冬霜消未解，须知冰冻化难开。
十年辛苦徽州墨，呵笔寻诗只剩唉。

检点流年

活久方知步履艰，浮槎赶海上刀山。
朱门纵酒杯盘掷，樵客谋粮灶釜关。
检点流年槽卧马，摩挲棱镜鬓阑斑。
昨宵鸳梦三更后，荐枕谁同恍惚间。

（作于 2023 年）

笔下消磨

底事堪搜忍不禁，呼群燕垒叹光阴。
掌中苒苒桃梨月，笔下消磨鹤侣心。
庚信重来春渐杳，金瓯再扣苦无吟。
貂裘换酒今何在，唯见清弦涩到今。

繁华读尽

刹那又减一年春，悲喜飞花不是因。
迟暮怜芳芳去了，无心邀月月逡巡。
枯荣来去参差过，成败轮番折赠人。
采撷余香须蕴藉，繁华读尽自甘贫。

（作于 2021 年）

数墨寻行

渴饮呼来酒一瓢，六宫韵事借诗陶。
长安烽火燃三月，铜雀春深锁二乔。
十五当垆羞掩面，八千云路苦连宵。
风尘催熟离人泪，数墨寻行与魏姚。

花月袭人

秋渐花黄月渐轮，薄云澹月绕花身。
雕栏赏月端花酒，尺幅移花唤月宾。
花趁月圆争富贵，月因花落显清贫。
每临月下思花事，花说分明月袭人。

（作于 2023 年）

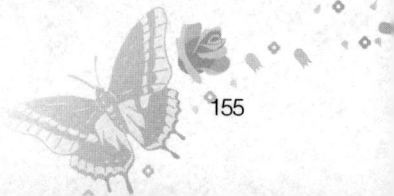

155

缘成撇捺

缘成撇捺向东西，已惯危栏日脚低。
不写霜条涂冷色，似呵新燕啄春泥。
落花数点迷人眼，秋水长天疾马蹄。
留有孤山存艳雪，闲身作古伴苏堤。

（作于 2022 年）

东风第一枝·试香一二

折柳三千，试香一二，脱春还遇疏雨。东风斜过枝头，藻翰蓬窗常驻。双分旧曲，唱新腔，燕来鸿去。识俊才，欲写情真，想必目成心许。

窥周郎，怕曲有误。念赤壁，姻缘难度。浮生尴尬无非，易老冯唐最苦。弃书捐剑，带吴钩，夹衣包土。庆余年，执手元宵，龙井御茶何处？

（作于 2023 年）

清平乐·岁近心杳

岁近心杳。笑靥随年少。梦里庄生犹潦草。醒后不堪了了。

思念又去天涯。移船泊岸谁家。空有一枝浓艳，留待何日簪花。

南乡一剪梅·春在楼台

谁不少年怀。敢与方家比有才。小字勾连长短句，词也能来，曲也能来。

非是巧安排。怎教桃花四季开。欲待刘郎偷约我，人在楼台，春在楼台。

浪淘沙令·杯推腊酒

借水可行船。雨细风绵。青春过眼即云烟。相契还须推腊酒，弹指流年。

片刻得安然。共读西园。诗文不为赚榆钱。却道情深应不寿，如荡秋千。

（作于2023年）

破阵子·安排春味

水墨书香一卷，蝇头小字三千。酒怕浓稠诗怕淡，非夜深时不肯眠。十年年复年。

但问相思哪段？劳形执念频牵。鬓雪安排春味道，只为桃花少抱残。等来人月圆。

南楼令·恋恋红尘

恋恋是红尘，时时却省身，更休谈，假凤凰真。结客同心应久久，墙花柳，乱纷纷。

怕过月光门。怕听笔有神。怕今生，难遇良人。别有深情酬不得，诗随步，酒销魂。

临江仙·金兰契友

多点金兰契友，少些风雨浮槎。流光不耐鬓边华。许开三两日，折赠一枝花。

若食人间烟火，焉能白璧无瑕。秋来春去莫嗟呀。拈题分韵处，老柳小苏家。

八声甘州·江南六月

见莲娘藕下正宽衣，模样带娇羞。被江南六月，温塘软水，热灼青眸。蝴蝶鸳鸯捉对，戏弄小姑舟。笑说身羸弱，手若荑柔。

如此拨弦录调，更红情绿意，逸兴风流。却形单影只，镇日做诗囚。似苏小，焦桐三尺，学贵妃，一醉解千愁。潇湘梦，开年望夏，落叶知秋。

水调歌头·梦里听笛

城郭冬寒正，驿外马蹄将。一方端砚，半笺痴语自先尝。却看昏鸦噪树，回望枯枝委地，白雁睡横塘。梳韵关山黯，吟啸宇眉伤。

酷相思，解语花，占春芳。红牙檀板，梦里听笛问萧郎。君误红尘之约，妾思祥鸾之旅，唯有索柔肠。若得芙蓉色，择日取青光。

（作于 2019 年）

望海潮·电工赞（五首）

连查龙

望海潮·电工赞

龙西仙境，初逢电业，琴弦入户纵横。无畏雨淋，何妨日晒，双肩担起光明。山路陡难行，涧幽少人往，青鸟孤鸣。碧竹风摇，雪中巡线戏飞英。

台风过境无灯。有高山电线，被毁遭停。弯急路斜，林深夜黑，乡民始见柔情。门外有人声。看电工妙手，杆上飞腾，连夜维修线路，衣湿冷如冰。

（2019年在国网庆祝新中国成立70周年职工文学创作活动中获三等奖）

莺啼序·电力情深

华灯照城入户，映窗前似雪。向除夕，围坐欢言，把盏观戏心悦。料窗外，巡查电力，烟花灿烂群飞蝶。恰深情，银线悬空，夜风寒冽。

挂念千家，最苦落寂，想妻愁暗结。若灯暗，杆上腾飞，抢修身手灵活。讲安全，围栏操作，措施毕，沿杆攀蹑。望东方，晨日将升，已临春节。

斯人爱电，灯亮连天，人间共一月。但夏至，雨风无定，过境台风，浪急潮高，雨声叫裂。此时此夜，何曾入睡，蒲溪水涨荆城没，困楼台，水过墙头缺。杆倾线淹，望洋兴叹灯关，待时复电驰涉。

光明的诗卷

159

人应记得，湖雾龙西，线断因树折。众聚集，请缨待发，结伴巡查，老将回归，宝刀犹烈。桥冲路断，山村拦阻，抢修心急手牵手，物肩扛，裤卷沿溪涉。排除故障回春，杆线临风，亮光叠叠。

（作于 2022 年）

水龙吟·电力圆梦

万家灯火辉煌，电流汩汩无声涌。巍巍铁塔，迢迢银线，云霄高耸。水库储能，雄浑力量，翻山传送。看钱塘两岸，灯光闪烁，西湖夜，飞鸣凤。

亚运会场守护，舍家园，殷勤圆梦。晓来巡线，夜谈良策，心弦灵动。电力之光，赛场映照，北辰星拱。助奔驰跳跃，刷新纪录，让全球颂。

（获"光耀亚运"浙江省电力原创诗歌大赛二等奖）

雨中抢修

冬日龙山雨，携风人更寒。
观群知缺电，弃假整衣冠。
排故速巡线，抢修浑忘餐。
愿将灯照亮，得见众颜欢。

军训寄语

身穿迷彩今军训，列队校园当士兵。
烈日悬空听号令，华灯继夜响歌声。
汗珠似雨纷纷落，步伐如潮嘚嘚行。
有梦青春筋骨练，一朝展翅九天鸣。

（作于 2022 年）

清廉华电"浙里"行

傅令红

（一）

颂清风，说清廉
我们是廉洁监督员
扬正气，听我言
清廉华电是美谈

清风吹，廉花开
华电浙江表心怀
清廉华电我先行
共同富裕示范人人赞！

清廉华电"浙里"行
完善监督机制全——
"点线面网"立体化
"四责协同"体系强
党委纪委把关严
部门支部联动做全面！

政治监督强保障
规划落实有方向
能源保供责任大

光明的诗卷

迎峰度夏发电供热忙
安全清廉发展凯歌唱！

（二）

颂清风，说清廉
常纠"四风"促廉洁
守纪律，讲规矩
中央八项规定要牢记
做实做细四树四提升
弘扬新时代的好作风！

清廉华电"浙里"行
重点领域要分明
核心业务监管严
抓牢"廉洁风险点"——
"风险排查"建立职权库
"风险识别"绘制监控图
"风险评估"区分高中低
"风险预警"防控促廉洁！

清廉华电"浙里"行
专项治理是关键
监督聚焦"人、财、物"
"三道防线"层层布——
自查自纠列清单
监督检查促整改
业务、职能、执纪"三推进"
监督治理合规效能显！

清洁项目清廉行

专项行动防风险
拓宽"协同监督面"
企业结对抓共建——
互学互查解难题
加快发展新能源
"亲清政商"拓市场
"清风护航"天地广！

（三）

颂清风，说清廉
学思践悟"创三清"
反腐倡廉宣传月
"六廉"活动多层面——
理论武装筑清廉
敬畏之心守清廉
优良风气尚清廉
涵养清风讲清廉
专项行动践清廉
文化浸润养清廉
区域上下人人树新风
风清气正个个促清廉！

清廉华电"浙里"行
廉洁文化润人心
融汇浙江"红船味"
守正创新树品牌——
"廉洁书画征文"有特色
"廉洁文化长廊"展风采
"廉洁道德讲堂"好声音
"清廉华电浙里"走前列！

光明的诗卷

清廉华电"浙里"行
培训不懈大练兵
制度学考强本领
技能大赛显身影
勤学苦练真铁军
比学赶超齐奋进
边学习、边调研
边工作、边总结
百花齐放显英才
职工群众齐点赞！

颂清风，说清廉
不忘初心跟党走
献礼党的二十大
清廉发展传佳话
一体推进"三不腐"
建功立业"十四五"
清廉华电立潮头
华电浙江创一流！

（作于 2023 年）

温暖有你

吴苗堂

与你相识，
夏天最美的相遇；
爱情降临，
怦然心动。

消毒、拆封、采样、封瓶，
灿若千阳一气呵成；
防护服里的你，
给她笑脸给我期许。

七十二时辰一轮回，
不经意留意到你；
不自觉又站在你的面前，
相见小鹿儿却又乱跳……

我的心里有个角落，
渴望你的出现；
全世界哪里最美，
风和日丽你身旁。

因为有你，
温柔滋润心田；
因为有你，

光明的诗卷

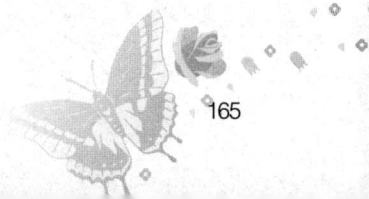

165

生活多姿多彩。

你是夏荷，
纯净如水；
你是秋菊，
高贵典雅。

你是《人世间》里的"郑娟"，
绵长的温柔善良；
你是《生死恋》中的夏子，
恒久的知性奔放。

你在或不在，
就在梦里，
幸福回味，
甜蜜又温馨。

你的美，
淡淡的……
淡淡地落在淡淡的，
粉红脸蛋上。

你的笑，
浅浅的……
浅浅地浮在浅浅的，
迷人酒窝里。

如果可以，
我们一起观大海日出；
如果可以，
我们一起看群山巍峨。

如果可以，
我们书海里遨游优雅地行走；
如果可以，
我们思想碰撞出智慧的火花。

如果可以，
我是你的温暖港湾，
我愿意伸出臂膀，
拥你入怀。

如果可以
我是你的灵魂伴侣，
我愿意相伴随行，
遮风挡雨。

夏天是火热的，
我们牵手我们播种爱情；
秋天是美丽的，
我们携手我们收获爱情。

桃红柳绿，
春风荡漾看春暖花开；
夜色阑珊
花前月下赏花好月圆。

（作于 2023 年）

一起向未来

——致岳父

吴苗堂

红霞满面、精神矍铄，
俨然浸润在爱的漩涡里的慈祥幸福老人的样子！
无影无踪、丝毫寻觅不见病状影子的倦容，
身子骨恢复得出奇地好、意外地快。

你是知识老人，
看报学习好作风；
你是革命老兵，
军人斗志好榜样；
你是新时代最可爱的人，
心系国运追梦未来好愿景。

生命温暖生命，
生命启迪生命。
是生命从容的渴望，
抑或洞天福地的眷顾；
是家有儿女的深情温暖，
抑或大隐大爱的善行善为。
无微不至全天候相伴鼓劲，
恰是轻舟已过万重山！

家有父母，

家在幸福在；
家有二老，
家在靠山在。

夕阳无限好，
黄昏亦美好。
你的生命不再只属于你自己，
而是属于所有爱你的人！

伟大复兴，中国式现代化不是梦，
伟大时代，百岁老人一样不是梦，
同爱同享同逐梦，
加油，我们一起向未来！

(作于 2023 年)

浙江电力文学丛书

诗歌电影剧本卷

三峡的温度（组诗）

吴张睿

三峡的温度

我走在三峡大坝上
脚下流淌着年轻的血管
几许文人梦里的峡湾
汇聚出血浓于水的情愫
高峡已出平湖，大坝像一枚绣花针
横亘在血脉上，编织出新的温度
我凝视着微波，它配合着风的轮廓
轻轻荡漾出二十年前的扁舟
彼时，库区移民
拜别秭归的诗人，接过他的衣钵
背上行囊和门口的柑橘树
把三十六度的体温向青山绿水传播
老人口中的故事，总能代代相传
直到，刻入这一方水土的深处
奉献的足迹，舍小为大的眼眸
在悄然间润物，透过浅浅的峡风
向无边的远方，扩散，细无声

海色蓝调

海无定色，蓝调乘上风的列车
热带刚收割的果蔬，濡染上凤梨海色
酸甜诱人，不带愁绪的禁果
只接纳有趣的身躯、赤条条的灵魂
种子藏在知更鸟随机的身体部分
腋窝、肠胃、眼角膜
它们像年轻的精卫，不懂风蚀的滋味
列车被引向极光的尽头
我驾驶着破冰船，驰骋在白色的海
直抵孟菲斯街角的酒馆，然后
卸下满身折痕，饮下全部浪漫
海的颜色陡然变幻，成了比墨池
更深邃的黑，磁铁般幽微的色泽
蕴含着巨神的力量和致命的诱惑
令人生畏，又想纵身跳下

沙之源

在海边，细沙揾住泥浆眼眉
黝黑的皮肤打上小麦色粉底
出落成一个浓妆淡抹的少女
椰影婆娑，贪婪争抢着地盘
穿比基尼的人，肌肤在晃动点缀

海神的心被融化，开始反刍胃液
吐出几个鸡心螺壳，几块海星残肢
指使海风裹挟海浪反复碾磨
罪恶会在恍惚中变成齑粉

成为沙滩不可分割的一部分

风，成了微风
浪，成了细浪
成了不痛不痒的表面文章

不同

同一片沙滩上，梦有不同的隐喻
我把玩的螺壳，寄居蟹抢来做窝
钻进小匣子，合上葳蕤的眼睑
我占据的树荫，浅肤色的人争夺光源
造物主随意摆弄残躯，平衡世间肤色
我呆坐的静默，被全场狂奔的孩子踩踏
在沙之国度，他们都是无冕的王
海风吹过椰林，祖母绿挥舞浮躁的空气
海浪有老成持重的褶皱，柠檬黄是它的说客
我和你的某个断章，掠过不同的鸟群
像星星和蜜蜂，拥有各自的信众

群岛印象

烟雨朦胧的时候，我坐上离岸的客轮
顷刻间，水色琉璃，化开了一颗糖
海水安抚着赌气的雨水
唤醒外婆半带方言的童话

未名的海鸟穿梭于迷离的水汽
在掠食与被掠食的边缘试探。其间
似有鸿毛离弦，落脚处泛不起一丝涟漪
我却见证了一座小岛的诞生

大海特制的腥涩味拌进工地的汗液
塔吊黄色的光泽映入大黄鱼的眼眸
像一锅精心熬煮的海鲜面
将群岛的轮廓突兀在汤的表面

邻座大爷的老花镜在半滑不落中起伏
呼噜声与滚雷保持心照不宣的默契
只有群岛静默，像陆地派往海洋的使者
保留大陆的习性，遵守大海的礼节

海错图

海船撞上抵岸的轮胎
我把梦里的鲸鱼群放逐
它们三五成群，排队掉入海中
变成颗颗吸附礁石的藤壶
散布在海里的龙鳞们
为龙宫监视世间水族
等待一只没有烦恼的海龟经过
搭上顺风车，去大堡礁安家落户

僧帽水母离开了葡萄牙的军港
把剧毒的触须深藏在慈悲的水面下
海里的故事远比海面精彩
每条洋流恪守运转的清规戒律
流星划过，一场无边无际的生存博弈

现在，星星和淤泥被一网兜打起
鱼和龙咬着耳根
被翻牌，大卸八块

和酱油、陈醋遭遇
在离海不足百米的地方
成为点燃四海食客心情的导火索

我插着兜，经过连绵的海鲜大排档
假扮一个观棋不语的智者

故事还原

潮汐涌动，拍打海鱼丰腴的屁股
外公在山林、云雨、溪风中写故事
转头藏进鳞次栉比的鱼腹
鱼群变得满腹经纶
像一群在幽微中长袖善舞的伶人
搅腾在地球表面71%的海水里
潜藏下大海旺盛的图腾

大鱼吃小鱼的故事在天天上演
经典的文字顺着食物链层层递进
故事被润色、修改、与时俱进
最终，摆满砧板的学识
寄生在肥硕的鱼身中

我想掐出鱼肉鲜嫩的汁水
用力把它拧成一股动人的麻花
它游刃有余地侧身旋转
顷刻间，幻化成一摊晶莹的食盐
稀释出的家长里短
有我从小吃到大的齿痕
那应该是故事，原本的面貌

海棠湾的呼吸

夜晚的海棠湾，鼾声如雷
白天的小家碧玉，扯下画皮
露出原始的胸肌
夜叉们跃出水面，向我叫嚣
"白天满足了你们的想象，
晚上我们要发发脾气！"

我不禁捏了把汗，赶紧加了件秋衣
目光路过墙角水桶时，我顿了顿
那是白天在海边鱼摊，买到的鱼
"它们竟然在这种环境中，如鱼得水！"
我思忖着，对鱼增加了几分敬意

（作于 2023 年）

光明的诗卷

175

姐姐开村店（外·首）

张水明

那个春天的故事点拨了姐姐的心思
村口简易小店无声宣告：我要致富
娇小身躯蜜蜂样往复城村
端着雄心洒满汗水

融入了奔竞潮头的乡邻乡亲
笑容满面为东家送上柴米油盐
伸出左手照看一下西家孩子
为外来打工者热心传话
更为孤老串门悉心陪聊

啊，乡村最后光亮的守护者
开启沉寂村庄第一门
二十多年一分一厘时光的积聚
三层小洋楼映衬在金黄的稻田边
儿女的高校通知书在村部飘扬

小巧商店为何能量神奇
还不是政策伟大世鼎盛
故土散发青春强活力
姐姐赶上好时代意气风发

传说

在蜀山有一个天大的传说
贺知章老祖宗是文曲星下凡

那二月春风似剪刀谁都知道却写不出
乡音无改鬓毛衰只有他能感觉淋漓
谁家小孩厌倦读书时
一声文脉跳动走出几个学霸

狂客耿直成世代美谈
孝子风范在箩婆寺光大
酒鬼郁结今朝难觅
先贤像前学子琅琅吟诵
岂容网上先声夺人移他乡
复兴文化大地轰轰烈烈响人间

（作于2022年）

电影剧本卷

· · · · ·

光 明 的 诗 卷

万家灯火

张智锋

故事梗概：

讲述"时代楷模"国网职工钱海军和电力志愿者把光明送进千家万户的故事。

1. 空中飞机　夜　内

一架大型客机在高空飞行。

机舱内，一小孩趴在舷窗喊道：下面灯光可好看了。

坐在窗户旁的乘客纷纷打开隔板，坐在前舱的阿蓉也打开隔板，向下望去，只见夜空下亮光点点，城市灯火通明。

镜头突然拉高，中国地图轮廓里星星点点，都市圈位置灯火辉煌。

阿蓉情不自禁地说道：好美呀。

2. 海边城市街道　日　外

狂风暴雨，街道积水。

马路上的汽车纷纷拐进驻单位或住宅区院子，从汽车上跳下的人匆匆忙忙跑进楼门洞。

3. 城镇小巷　日　外

风雨交加，城镇小巷空无一人。

一辆出租车停在王云霞家门口。阿蓉撑起伞走下车，司机冒雨从后备厢取出行李箱，递给阿蓉，又急忙钻进驾驶室。

阿蓉拉着行李箱快步走到家门口。

阿蓉打着伞，在家门口站立良久，然后举起手敲门，"咚咚咚——"

屋里传来了妈妈王云霞的声音：海军呀，你来得正好，妈给你做"金团"了。

阿蓉大吃一惊，自言自语地说道：海军？妈妈遇上骗子了？

"咯吱"门开了，阿蓉迫不及待地拉着箱子冲进屋里。

4. 国网慈溪供电公司大门　日　外

风雨交加，大门一侧悬挂着醒目的"国网浙江慈溪供电公司"标牌。不远处的大楼上高悬着国家电网徽标和"人民电业为人民""服务热线电话：95598"等标牌。

一辆辆印着"国家电网"标志的黄色电力抢修车驶出供电公司大门，进入马路便飞驰而去。

5. 王云霞家　日　内

王云霞老太太站在大门里，看着面前的阿蓉，仔细打量起来。

阿蓉放下雨伞，激动地喊道：妈，我是阿蓉。说着上前抱住老母亲。

王云霞说道：阿蓉呀，大雨天，你怎么突然回家了？我一点思想准备都没有。

阿蓉松开手，看着妈妈说道：我再不回家，就让人鸠占鹊巢了。

王云霞：说什么呀？谁占你的雀巢了？

阿蓉：海军是谁？还叫儿子？咱家亲朋好友中没有个叫海军的呀。

王云霞笑了，说道：先歇会，我慢慢给你说。

王云霞走向茶几，阿蓉跟着妈妈走进客厅。王云霞找出半张纸片，递给了阿蓉。

阿蓉接过纸片一看，小声念道：电力义工钱海军，服务热线，137××××××267。

阿蓉"哼"了一声，说道：我看这个钱海军呀，十有八九是个骗子，而且很低级，把电话号码写在烂纸片上。

王云霞：哎呀！你真是狗咬吕洞宾，不识好人心。海军把电话写在纸上，专门写成大字，就是为了方便我们这些老眼昏花的老年人。

阿蓉：妈，你一口一个海军，感觉好亲切哟？

王云霞：那是。我认他做了干儿子，你说能不亲吗？

阿蓉沉思片刻说道：我常年不在家，你确实需要照顾，但也要提高警惕，防止坏人乘虚而入。

王云霞：钱海军是供电公司的职工，平时穿个红马甲，背个电工包，走街串巷服务百姓，街坊邻居都信任他。不信你给他打电话。

阿蓉掏出手机，拨通了钱海军的电话，不料听筒里传来了"你拨打的电话正在通话中"。

阿蓉双手一摊，说道：怎么样，正在通话中，说不定正在骗人呢。

王云霞坚决地说：绝对不会，大雨天，他要不去抢险保电，要不就是去谁家接电点灯去了。

阿蓉：哦，他真是为了点亮万家灯火？

推出片名：万家灯火

6. 电力抢险车　夜　内

电力抢修车在风雨中穿行，雨刷刷的雨水越来越少。

钱海军穿着红马甲，坐在副驾驶位上打电话。

钱海军：我是钱海军，我们应急抢险队马上到达金塘镇。

听筒里传来的声音：晚上施工难度大，给抢修带来很大的安全隐患。你们看情况，要不明天再干，千万不要勉强，安全第一。

钱海军：王总，我们争取连夜抢修。

7. 乡镇街道　夜　外

街道一片漆黑。雨停了，路面积水严重。

电力抢修车停在高出路面的水泥台旁，钱海军和村支书正在说话，大伙把抢修车上的物资搬到水泥台上。

钱海军对大家说道：刚才村支书说了，现在人们一时都离不开电，村民都希望连夜恢复供电。按照原计划分工，一组架设临时电源，二组抢修恢复排水供电，三组恢复居民家庭供电。请大家注意安全，随时保持联系。还有不清楚的吗？

大伙说道：清楚了。

钱海军：出发。

电力工人顶着头灯，踩着积水向两边走去。

黑夜中，只见头顶亮光的身影在慢慢移动。

8. 三层住宅小楼　夜　内

楼道里，钱海军头灯照着电线，双手紧张地进行接线操作。

老大爷满脸愁容，举着蜡烛，向钱海军身边移了几步说道：电灯电话习惯了，没有电，真让人抓瞎。

钱海军：是呀，晚上没有亮光怎么行呢？

钱海军的手机响了，他拿出手机按下接听键，听筒里传来的声音：金塘馈路已经带电，金塘馈路已经带电。

钱海军：知道了，你们注意安全。

钱海军收起手机，加紧缠绕胶布，边做边说：马上就好。

钱海军把工具放进身后工具包，对着大爷说道：大爷，把开关打开。

老大爷走到墙边，按下开关，吸顶灯亮了。

老大爷满脸笑容，高兴得合不拢嘴，急忙吹灭蜡烛，说道：唉！电灯一亮，心里也亮堂了。

钱海军指着灯说：大爷，到处都是积水，墙壁潮湿，一定要注意用电安全。说完从口袋掏出一张宣传单交给大爷，说道：这是《致全市居民安全用电告知书》，你仔细看看，主要是安全用电方面的提示。等会给你送救灾物资，方便面、蛋糕、矿泉水、手电筒，还有常用药品。临时准备的，不全，你还需要啥就告诉我。

老大爷：再没啥要求了，能给我把灯点亮比啥都好。

钱海军说完从口袋里掏出一张名片，递给了老大爷：这是我的名片，有事打电话。

老大爷拿着名片，站在灯下，眯着眼睛看着，嘴里念叨着：电力义工钱海军，服务热线：137……267。

钱海军：我是义务电工，免费服务。

老大爷：那太好了，谢谢你。

钱海军：大爷，我走了。

老大爷：谢谢，你慢走，好人一生平安。

9. 三层住宅小楼外　夜　外

一个男子站在街边，看着对面楼窗户露出的亮光，说道：灯亮了，太好了。

钱海军顶着头灯走在街上，一位男子大声喊道：谁是钱海军师傅？

钱海军远远回答：我是钱海军。

男子：能不能给我家把灯点亮？

钱海军走到男子跟前说道：好吧，现在就去。

男子：干了半晚上了，你要不要歇会儿？

钱海军：没事，快去你家看看。

钱海军跟着男子走了。

10. 仓库　夜　外

两台水泵向外喷水，宋明辉长出了一口气，旁边的男子激动地说道：太感谢你们了，这批货可是我全部的身家性命。

宋明辉：你守在这儿，有情况给我打电话。

男子：谢谢，谢谢你们。

11. 抢修车旁高台　夜　外

抢修车旁的水泥高台上，几名工人席地而坐，头灯相互照射着，有的啃面包，有的喝水，有的手里拿着面包睡着了。

钱海军走过来说道：大家辛苦了。

大家七嘴八舌地说道：都累成马了，就想睡一觉。

钱海军：我也很累，各组报告一下情况。

宋明辉急忙说道：我统计过了。一组，临时电源已经接通。二组，临时电源接通，水泵已经排水。三组，居民照明恢复了 9 家，还有 12 户没有恢复供电。

钱海军：不错，比计划进度快多了，大家吃点东西，休息一会儿。

宋明辉：村支书说了，剩下的明天干也行。

钱海军：我看还是一鼓作气，让家家户户的灯都亮起来。你们看到了没有，那些渴望光明的眼神，我实在不忍心拒绝。

大家没人说话。

钱海军：大家累，我心里清楚。平时口口声声说"人民电业为人民"，人民现在灯不亮了，怎么办？

宋明辉：继续干吧。

大伙嘿嘿一笑，说道：干就干呗，谁怕谁呀。干！

宋明辉：钱师傅，我有个请求，今晚干通宵可以，我明天要睡大觉，千万别提加班了。

钱海军：好，明天不加班，让大家睡个安稳觉。

大家哈哈大笑。

12. 钱海军家卧室　日　内

陈东东轻手轻脚地走进卧室，看见熟睡的钱海军，举起的手又收了回来。她悄悄退出卧室。

13. 钱海军家客厅　日　内

客厅简约大方，陈东东坐在窗前的藤椅上看书。

钱海军走出卧室，伸了个懒腰，说道：这一觉睡得真舒服。

陈东东笑着说：昨晚回来像个泥猴，让你泡热水澡，还嫌麻烦。现在感觉舒服了吧？

钱海军：谢谢你给我放的热水，又解乏又舒服。

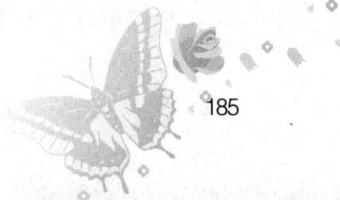

光明的诗卷

陈东东起身走进厨房：赶快吃饭，早饭就当午饭吃吧。

钱海军走到餐桌前，两盘菜和一盘包子。他拿了个包子咬了一口。陈东东端着两碗皮蛋粥，递给钱海军一碗。

两人坐下来吃饭，钱海军吃得津津有味。

陈东东心疼地说道：慢点吃，没人和你抢。下午陪我上街怎么样？

钱海军：可以呀。到现在没人打电话，应该没啥事了。

陈东东怯生生地说：你看看有没有电话？我把你的手机调成静音了。

钱海军脸色大变，厉声说道：静音？静音不就是关机嘛。我承诺过，24小时开机，你呀，要坏我的大事。说着便拿起手机。

陈东东狡辩说：对不起，早晨起来才调的，我是想让你睡个安稳觉。

钱海军把没吃完的包子塞进嘴里，急忙打开手机看了起来。

钱海军嘴里塞着包子，指着手机，在陈东东面前比画着，含含糊糊不知说什么。然后就起身朝家门口走去。

陈东东急忙起身，跑过去。

钱海军穿红马甲，陈东东从鞋柜里取出钱海军的运动鞋。

钱海军穿好鞋，脖子一伸，把嘴里的包子吞下肚，但一下子噎住了。

陈东东急忙用手在钱海军的胸前抚摸了几下，说道：慢点。说完把工具包递给了钱海军。

钱海军缓了一口气，说道：两个未接电话，我赶快去看看。

陈东东：都是我不好。

钱海军看着陈东东说：以后不许这样了。说完伸手在陈东东的脸上轻轻拧了一下。

14. 某住宅小区大门口　日　外

钱海军身穿红马甲，开着一辆普通小汽车来到小区大门口，他按下窗户玻璃，小区保安挥手说道：钱师傅来了。

钱海军：要不要登记？

小区保安摇手说：你是常客，绿色通道。

钱海军：谢谢！

小汽车开进了小区。

15. 城镇小巷口　日　外

小巷环境优雅，阿蓉扶着王云霞走到小巷口。几位老人向王云霞打招呼。

阿蓉与老人们打招呼：阿爷、阿婆好。

大爷说：哦，闺女回来了，儿子就休息。

王云霞：是呀，海军天天跑，够辛苦的。

老婆婆：几天不见海军，怪想他的。

阿蓉说道：看来钱海军对你们真好。

一位老婆婆说：这还有假？海军来了，忙前忙后从不叫累。陪我们聊天说话，体贴入微。不论是换灯泡，还是维修家电，从不收费。

阿蓉自言自语地说：看来这个义务电工值得采访，要不然就资源浪费了。

16. 商场大楼前　日　外

钱海军穿着红马甲，背着工具包，站在商场大门口左顾右盼。

阿蓉打扮时尚，提着小皮包，远远走了过来。

阿蓉：钱师傅，您是钱海军师傅吧？

钱海军：是，是。

阿蓉：红马甲醒目，一眼就认出你。

钱海军：你是王云霞妈妈的闺女？

阿蓉：是的，我是阿蓉。你怎么背个工具包？

钱海军：习惯了，出门带上工具包，方便随时上门服务。

阿蓉啧啧称赞：想得真周到。

钱海军指着身后的商场说：这个商场里的轮椅种类多。走吧，进去看看。

阿蓉：慢。钱师傅，请你给我妈买轮椅，只是个噱头，要不然你会来吗？

钱海军：那你想干什么？

阿蓉：想请你吃饭，一是感谢你对我妈和街坊老人的照顾，二是想采访你。

钱海军一脸严肃地说：吃饭，我是不去的。采访也没必要，我就一个普通人。如果没有其他事情，我就走了。说完转身就走。

光明的诗卷

187

阿蓉大声说道：钱师傅，请留步。采访你，不是为了宣传你，是解答我的一些疑惑。

钱海军停住脚步，转身问道：什么？疑惑？有什么值得怀疑的？

阿蓉：也不是怀疑，就是有些不理解。

钱海军：你说吧，有什么不理解的。

阿蓉：咱们能不能找个地方，坐下来慢慢谈？

钱海军：好，前面有个茶楼，我请你喝茶。

阿蓉：你请喝茶，我接受，因为我是你的干妹子。

钱海军吃惊地说：什么？干妹子？

阿蓉：是呀。你是我妈的干儿子，我自然就是你的干妹子了。

钱海军缓过神说：也是。

阿蓉热情地上前握住钱海军的手久久不放。

商场门口行人匆匆。陈东东提着购物袋走出商场。她一抬头，看见醒目的红马甲和熟悉的身影。

陈东东驻足，仔细一看，自言自语地说：这不是我家老钱嘛，怎么和一个美女在一起？

钱海军和阿蓉一起向前走去，陈东东悄悄跟在后面。

钱海军和阿蓉走进"观海"茶楼，陈东东站在门口看了看，一顿脚，转身走了。

17. 茶楼　日　内

钱海军和阿蓉在靠近窗户的茶桌前对面而坐，两人各一杯茶水。

阿蓉：钱师傅，首先感谢你对我妈妈的关心和照顾。我是财经记者，常驻海外，确实没时间照顾妈妈，这是我的人生缺憾。

钱海军：现在社会上有一大批独居老人，要么没有儿女，要么儿女在外忙事业。如果老伴不在了，生活不但不方便，而且孤独，他们确实需要人照顾。

阿蓉：这是现代社会发展的必然结果，作为儿女确实是心有余力不足。

钱海军：是的，家庭无能为力，政府无力大包大揽，就要依靠社会力量了。

阿蓉：可能多数人还没你这样的认识，热衷于赚钱，哪有心思做义工。

钱海军：或许有个过程，我只是比别人做得早了些。

阿蓉：我想了解一下，你这样的慈善之心是哪里来的？做义工是一时冲动吗？

钱海军低头沉思，然后抬头说道：我不是头脑发热，一时冲动。我的慈善之心来自家庭。小时候，听妈妈讲过慈溪孝敬老人的典故。经常看见爸爸为左邻右舍装个电灯，换保险丝，随叫随走，从来不收费，看得久了，我就觉得这是应该做的。我也是个电工，自然而然地子承父业了。

阿蓉：哦，原来从小就有一颗慈善之心。从什么时候开始做义工的？

钱海军：世纪之交，我搬进了慈苑新村。这个小区老年人多，物业服务跟不上。社区居委会主任希望我发挥特长，帮助住户换个灯泡，修个电路什么的，我欣然答应了。从此就成了义务电工。

阿蓉：你这一干就是18年呀。

钱海军：是的。开始有人不理解，以为我不收费是为了将来高收费。随着时间的推移，大家慢慢认可了我，接受了我，特别是一些孤寡老人，特别喜欢我。

阿蓉：难怪我妈认你做干儿子。

钱海军哈哈一笑：做了干儿子，老人家以后打电话就不客气了。

阿蓉：是的，老人真把你当儿子了，有事没事都打电话。可是你时间很宝贵呀，经常占用你下班休息时间，家人没意见吗？

钱海军：我爱人非常理解，但也有大发雷霆的时候。

阿蓉：哦，想必有许多精彩的故事了，能不能分享给我？

钱海军嘿嘿一笑：都是些琐碎小事，不足挂齿。

阿蓉：哎，我就想听琐碎小事。

钱海军：好吧。

18.（回忆）塘湾社区　日　外

年轻时候的钱海军骑着摩托车来到社区服务中心，年轻的董亚利送一位老大爷出门。

董亚利：钱师傅，这么快就过来了。

钱海军：董主任，我是个急性子，接到你的电话，就立马赶过来。

董亚利：走，进办公室说。

19. 塘湾社区　日　内

董亚利和钱海军坐在小会议桌前。

董亚利：钱师傅，8 号楼的曹大妈跑到我们这里，说电视机坏了，要找你修电视机。我反复跟她说，你是电力义工，是维修电路的，不修电视机，可老太太就是听不进去。没办法，只好把你的电话给她了，麻烦你给老太太解释解释。

钱海军：电视机，有个电字，老太太一定认为凡是带电的，我都能修，这事你就交给我吧。

董亚利：实在不好意思，给你添麻烦了。

钱海军：没关系，花名册准备好了吗？

董亚利：好了。说着顺手从抽斗里取出一个本子，递给了钱海军。

董亚利说道：这是社区老年人花名册，空巢老人和残疾老人全都标注清楚了。

钱海军接过册子翻看起来，他从口袋里掏出小本子和笔，立即记录。

董亚利：钱师傅，这个册子你拿回去登记，随后还我就行。

钱海军：那好，我把需要照顾的老人梳理登记好，再一个一个去走访。

董亚利：钱师傅，需要帮助的人可不少，你能帮得过来吗？

钱海军平静地说：帮一个算一个。我一个人，无非慢一点。以后大家都行动起来，结对帮扶，一帮一，十帮十，百帮百，问题不就全解决了。

董亚利：你有信心？

钱海军：我相信毛主席说的"星星之火，可以燎原"。

董亚利：钱师傅，咱们一起努力。但是，有的老人拒绝帮助，甚至拒绝交流沟通，那也没办法。

钱海军：有这样的人吗？

董亚利：有，谢文豪，名册第一个。他们家既是残疾户，也是贫困户，但他拒绝帮助，是我们工作的困难户。

钱海军：让我来试试。

20. 住宅区健身小广场　日　外

几个老年人在健身器械上做运动，钱海军背着工具包路过，挥手打招呼。

老大爷：小钱师傅，今天去谁家？

钱海军：去谢文豪大爷家。

另外几个老人直摇头，七嘴八舌地说：谢文豪从来不下楼，也不和我们玩。

一位大爷说：这家伙不合群，你去了也是碰一鼻子灰。

钱海军笑着说：那我去试试。说完挥手走了。

21. 谢文豪家门外　日　内

钱海军走到谢文豪家门口，举手敲门，"咚咚咚——"

谢文豪小心翼翼地打开门，看见穿红马甲的钱海军，小声问道：你找谁？

钱海军站在门口，微笑着说道：您是谢文豪老师吧？

谢文豪点了点头：有事？

钱海军：谢老师好，我是供电公司的钱海军，电力义工，凡是与电有关的我都能维修。今天来看看你，了解一下你家里的情况，看我能帮你做点什么？说着递上了自己的名片。

谢文豪接过名片看了看：电力义工？怎么收费？

钱海军：免费，不收钱。

谢文豪轻蔑地说道：哼！这年头哪有免费的？你们这些人呀，骗我家的傻儿子可以，骗我没门。

钱海军：大爷，真的不收费。

谢文豪：那也是沽名钓誉，想捞个什么名声罢了。

钱海军：不是，我是真心帮助你。

谢文豪：我不需要你帮助。说着便把门关上了。

光明的诗卷

22. 曹大妈家客厅　日　内

曹大妈坐在客厅沙发上发呆。"叮咚——"一阵门铃声。她侧耳仔细听，急忙起身，笑嘻嘻地说：真的来了。

曹大妈打开门，钱海军站在门口。

钱海军：曹大妈，我是钱海军。看看你家的电视机。

曹大妈抓住钱海军的手说：好孩子，先歇会，喝杯茶。说着拉着钱海军的手往客厅里走。

钱海军急忙说：曹大妈，电视机怎么了？

曹大妈：我喜欢看越剧，可电视机老出问题，屏幕翻滚个不停，以前用手拍两下就好了，这次怎么拍都不行。说着走到书桌上的电视机跟前。

钱海军摸着电视机，小声说道：老牌十四英寸（35.56 厘米）黑白电视机，这是 20 世纪 80 年代的产品。

曹大妈：这电视机好可爱，你看，两根天线像羊角辫。虽然油漆脱落了，但我还是舍不得扔掉，怀旧嘛。

钱海军插上电源，电视画面滚动不停，他调整按钮和天线，屏幕依然如此。

钱海军：曹大妈，我是电工，但不是修电视机的，要不你……

曹大妈：我另找人？

钱海军迟疑了一下，急忙说道：别，曹大妈，既然我遇上了，就应该履行首问负责制。你的电视机包在我身上，保证让你能看越剧。

曹大妈高兴地说：谢谢你。我就听人说，钱海军一叫就到，一到就修，一修就好。今天一见，果然如此。你给我修电视机，钱我来掏。

钱海军：曹大妈，电视机交给我，剩余的事情，你就别管了。

23. 街道上　日　外

街道上车水马龙，钱海军骑着摩托车，小电视机放在脚踏板上。他边走边看街边的门店。

24. 家电维修部　日　内

维修台上放着各类待修理的家用电器。

钱海军把小电视放上维修台，维修师傅看了看说道：这电视都成古董了，还修个啥呀，扔到外面的废品堆里吧。

钱海军：老人怀旧，不愿扔。麻烦你修修吧。

维修师傅：今天接了个大活，42英寸（106.68厘米）液晶电视，你这破电视机值得我动手吗？

钱海军：师傅，再加一百元，今天一定要修好，因为老太太要看越剧。

维修师傅打开电视机，用万用表不停地测试，说道：偏转线圈坏了，没配件。

钱海军：那咋办？

维修师傅：我去外面废品堆里找找，要是没有，我也没办法。说着出了门。

钱海军在维修部里东张西望，拿起桌上的电烙铁比画了几下，又拿起一本维修书看了起来。

维修师傅回来了，进门就说：算你幸运，拆了一台电视机，马上给你换上。

钱海军：谢谢师傅。

维修师傅开始拆装、更换。钱海军站在旁边近距离观看。

维修师傅：你看这干啥？坐一边歇会儿。

钱海军：师傅，我想拜你为师，学习家电修理。

维修师傅直起腰哈哈大笑：现在谁看得上这行当，家电质量越来越好，一般坏不了。再说了，要学电视机维修，没个一年半载，是出不了师的。

钱海军：师傅，给你交个底吧。我是社区义工，服务对象主要是老年人。老年人的生活习惯就是修修补补，电视机、洗衣机、电磁炉，坏了都要修理。

维修师傅看着钱海军：你还是个活雷锋？

钱海军：算是吧。

维修师傅：那就收下你这个徒弟，也算是做公益了。

钱海军朝维修师傅深深地鞠了一个躬。

193

25. 办公楼下　日　外

深冬时节，院子里一片肃杀。

钱海军背着电工包走出办公楼，有人喊道：钱海军，正要找你。

钱海军：张主任，什么事？

张主任：今年春节值班没给你排班，你就安心回家过年吧。

钱海军：我可以值班呀。

张主任：主要考虑你常年忙碌，而且占用了你休息时间，夫人肯定有意见，春节回家好好表现表现。

钱海军：那好，如果谁有困难，我随时顶上。

班长笑着说：你不用操心了。

26. 小汽车　日　内

马路上，钱海军驾驶着小汽车，陈东东和女儿钱园坐在后排。

钱园趴在车窗上看着外面，不停地说：妈妈，那个大气球真大。

陈东东：有幼儿园的气球大吗？

钱园：比幼儿园的气球大多了。

陈东东：海军，感谢你们领导开恩，让我们今年能过个团圆年。

钱海军：是呀，全家难得一起守夜。

钱园：守夜是什么？

钱海军：守夜就是守住除夕夜。

钱园：为啥要守除夕夜？

钱海军：爸爸给你讲。相传，有一种凶恶的怪兽叫"年"，除夕夜从海里爬出来祸害百姓。为了躲避年，人们天黑后早早关上大门，不敢出门。

钱园：要是出门了怎么办？

钱海军：谁要是出了门，谁就会被怪兽吃掉。

钱园吓得抱住了妈妈，说道：妈妈，我怕。

钱海军：别怕，有爸爸保护，咱们不怕。

27. 钱海军父母家厨房　夜　内

陈东东和钱海军妈妈在做饭，钱海军走进厨房，说道：妈，你辛苦了一年了，今晚这饭让我和东东来做。

妈妈挥手说道：我们娘俩行，快去陪你爸说说话。

28. 钱海军父母家客厅　夜　内

钱海军爸爸坐在沙发上看电视，钱园坐在一边玩玩具。

钱海军坐在爸爸身边，深情地说：爸，我常年忙忙碌碌，把您老人家怠慢了。

钱海军爸爸：我能理解。如今在外压力大，能把工作干好，不让我操心就行。

钱海军：电工弹性比较大，就是活来了比较急。

钱海军爸爸：紧车工，慢钳工，吊儿郎当的烂电工。但是，一旦有任务可就是紧急任务。

钱海军：主要是我这个义务电工，除了接电换灯泡，还干起了家电维修。

钱爸爸：成万金油了。

钱海军：是的，老人们都叫我"万能电工"。

钱爸爸笑着说：哈，万能电工，那你比老爸强。不过越能干，活越多。

钱海军：是的。到了老年人家里，除了维修，还有别的活。要是空巢老人，顺便和老人拉拉家常，说说话，时间很快就没了。

钱海军爸爸：你这么做就对了，就是太辛苦，看你都瘦了。

钱海军：我这是子承父业，向你学习。

钱海军爸爸：尊老养老是我们慈溪的好传统，咱们要一代代传承下去。

钱海军：爸，我向你保证，我一定坚持下去。

钱妈妈大声喊道：吃饭了。军军，你去准备酒。

光明的诗卷

29. 谢文豪家　夜　内

住宅小区，家家窗户闪着亮光。

谢文豪在厨房里忙着炒菜，智障儿子胖胖站在一旁看着。谢文豪转身对儿子说：胖胖，咱们早点吃年夜饭，吃完饭看春晚。

胖胖笑了，但没有说话。

谢文豪把炒好的菜装进盘子，递给儿子说：胖胖，端过去，放在桌子上，小心别烫着。

胖胖笑嘻嘻地接过盘子，小心翼翼地挪着步子。

突然，灯灭了，抽油烟机停了，屋子漆黑一团。"啪"的一声，胖胖端的盘子掉在地上，碎片乱飞。胖胖惊叫一声，便大哭起来。

谢文豪急忙说：胖胖，别怕，爸爸点蜡烛。

30. 钱海军父母家餐厅　夜　内

餐桌上摆满了菜肴。钱海军给爸爸和自己倒了两杯白酒，钱园坐在旁边吃着炸薯条。

钱海军：妈，您过来坐。

钱妈妈说：头汤马上就好，吃了头汤高考中状元，考试能得第一名。

钱海军笑着说：那就让园园多吃几口。

陈东东端着一个小盆放在餐桌上，说道：三鲜头汤。

钱园用鼻子吸了吸，说道：好香呀。说着就拿起筷子，准备夹菜。

钱海军说：园园，等会，爸爸说几句话，先给爷爷奶奶敬酒，然后再吃。

陈东东夹了一个鸡翅，放进园园的小碗里。

钱海军举起酒杯：爸、妈、东东，还有园园，今年我们全家终于坐在一起，吃上团圆饭。祝愿爸爸妈妈身体健康，祝愿园园快乐成长，祝愿东东工作顺利。

陈东东笑着说：还要祝愿自己？

钱海军笑了，突然口袋里的手机响了。

陈东东脸色一变，噘着嘴没说话。

钱海军拿出手机，看了一眼，急忙放下酒杯，按下了手机接听键。手机听筒里传来了谢文豪的哭诉声，还有胖胖的哭声。

钱海军急忙说：谢大爷，你慢慢说。说着起身走到客厅。

钱妈妈：真不像话，除夕夜给人打电话，这不是出难题吗？

陈东东：妈，你看到了，海军整天就是这样，吃饭、睡觉，电话没完没了，把人能烦死。

钱海军回到餐桌前，没有坐，站着说道：爸、妈，东东、园园，真不能陪你们吃这个团圆饭了。这位谢大爷家里特别困难，我以后再告诉你们，反正他更需要我。我现在就得走。

钱妈妈大声说道：慢，吃完团圆饭再走。

钱爸爸：去吧，去吧，这是工作，咱们得支持儿子的工作。

钱妈妈：要不吃几口，垫垫肚子，不知道啥时候才能回来。

陈东东抓了个鸡腿，递给钱海军，说道：吃个鸡腿跑得快，快去快回。

钱妈妈拿起筷子，在三鲜头汤里夹了个大肉丸，递到钱海军嘴边，说道：头汤一定要吃，要不怎么得第一。

钱海军张大嘴巴，一口吞下肉丸，拿着鸡腿转身就走。

陈东东急忙过去，把羽绒衣给钱海军穿上。

钱园喊道：爸爸妈妈，我也要去。

钱妈妈抱住钱园，说道：园园乖，咱吃咱的年夜饭。

31. 谢文豪家　夜　内

窗外鞭炮声声，烟花四起。

谢文豪客厅茶几上点着蜡烛，胖胖蜷曲在沙发上，谢文豪守在旁边。

"咚咚咚——"一阵敲门声，谢文豪急忙起身，举着蜡烛开门。

钱海军背着工具包站在门口。烛光下，谢文豪满脸惊恐，颤巍巍地说：我正在炒菜——

钱海军打开头灯，扶着谢文豪：谢大爷，电话里已经说清楚了。你先坐着，我马上排查。说完走进厨房。

谢文豪坐在沙发上，一手抹着眼泪，一手抱着胖胖。胖胖冻得浑身发抖，不停地说：冷，冷。

突然，灯亮了。胖胖一骨碌爬起来，笑嘻嘻地指着灯管，嘴里呜哩呜啦地说：亮亮，灯亮了。

谢文豪急忙打开空调，胖胖跑到空调跟前，用手试着热风，说道：暖暖，暖暖。

谢文豪脸上露出了笑容。

钱海军来到客厅，对谢文豪说：谢大爷，你家线路严重老化，你做饭时，可能开启的电器多，把厨房里的那段线路烧坏了。我已经把烧坏的线路换好了，这两天先凑合着用，等开年上班后，我过来把你家线路全部换成新的，不收钱。

谢文豪激动地说：谢谢，谢谢。他又指着灯管和空调说：灯亮了，我的心也亮了。

胖胖说：暖暖，暖暖。

谢文豪：胖胖，快谢谢哥哥。

胖胖胆怯地说：谢谢哥哥。

钱海军：胖胖乖。还没吃饭吧？

谢文豪：刚才做饭的时候断了电，饭还没吃。

钱海军：先吃饭，我来给你们用微波炉热一热。说着走向厨房。

32. 谢文豪家厨房　夜　内

钱海军打开微波炉，把菜放进去，一个一个加热，然后又放回餐桌上。

谢文豪把胖胖拉到餐桌前，倒上饮料，又走到厨房门口：小钱师傅，你和我们一起吃吧。

钱海军：我把地上打碎的盘子收拾一下，小心划伤。

谢文豪：小钱师傅，你真是个好人，以前误解你了。

谢文豪坐在餐桌前，倒了两杯酒，说道：我要好好敬你一杯。

钱海军收拾完地板，把拖把放进卫生间，刚走到客厅，手机响了，他打开一看，说道：谢大爷，是催我的电话，还有两家等着我。

谢文豪把酒杯端到钱海军面前，说道：喝了这杯酒。

钱海军：你的心意我领了，但是工作期间不能喝酒。

钱海军对胖胖摇手说道：新年快乐！又对谢文豪说：谢大爷，新年快乐！

谢文豪把钱海军送到门口，不停地说：谢谢，谢谢你。

胖胖藏在谢文豪的身后，小声说：谢——谢！

33. 幼儿园　日　外

钱海军领着钱园走出幼儿园。

钱海军：你妈出差了，这几天我带你。想吃啥就跟爸爸说。

钱园不高兴地走着：我要妈妈。

钱海军：园园听话，你妈两三天就回来了。

钱园：我要姥姥。

钱海军：姥姥，明天就带你去姥姥家。

钱园高兴地笑了。

34. 小汽车　日　内

钱海军驾着小汽车在公路上行驶，钱园坐在副驾驶位上睡着了。

钱海军看见公路指示牌上的"许山镇"，自言自语地说：到了。

汽车拐进一段小路，停在路边。钱海军看着熟睡的钱园摇了摇头，他伸手从后座位上拿了一个服装袋，急忙下车。

钱海军关上门，又打开车门。他把副驾驶旁的车窗玻璃下降一点，留了条细缝，便急忙走了。

35. 小巷　日　外

钱海军穿过小巷子，来到一户人家门口，敲了一阵子门。

何老大爷把门打开，看见钱海军，脸上露出了笑容，说道：海军，你来了，我就高兴。

钱海军：何大爷，快要换季了，给你买了一套秋衣。说着就把衣服袋递上。

何大爷高兴地说：海军，又让你破费了。快进屋里坐坐。

钱海军：何大爷，今天就不坐了，我还有点事。

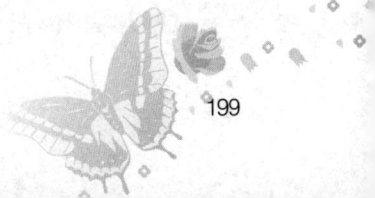

何大爷迟疑了一下，说道：哎，还想让你看看我的冰箱，你要忙就算了。

钱海军：冰箱怎么了？

何大爷：也不知咋了，里面的鱼虾都软了。

钱海军一惊，急忙说：不制冷了，我看看。

钱海军扶着何大爷走出了屋。

36. 马路边　日　外

小汽车旁围了一圈人。

汽车里的钱园趴在车窗前，哭着喊着：救命，救命。

一个中年妇女扒车窗，对钱园说：好孩子，别哭，警察叔叔马上就到了。

旁边站着几个男人，一个老年人说：孩子真可怜，这父母是怎么当的呀？

另一个男人说：肯定是人贩，我已经报警了。

一个中年男人说：不管警察来不来，我们都守在这儿，不能让人贩子把孩子带走。

一辆警车闪着警灯，飞驰而至。

37. 小巷口　日　外

钱海军走出小巷，远远看见一群人围着自己的汽车。前面还停着一辆警车。

钱海军大吃一惊，立即跑了起来。

38. 马路边　日　外

两个警察询问情况，村民七嘴八舌地对警察说着话。

大个警察说道：乡亲们，我正在核实车主信息，当下要把孩子解救出来。

围观群众纷纷说道：对，先把孩子救出了，人贩子肯定跑不了。

小个警察从警车里拿了一把榔头，走到车门前，对车里的钱园说：小朋友，抱住头，蹲在座位下面不要动，叔叔要砸后窗玻璃。

钱园哭个不停，根本不听警察的指挥。

小个警察走到后窗玻璃前，举起铁榔头，试探性地举起，落下。

钱海军从远处跑了过来，边跑边喊：警察同志，别砸车，我来了。园园，园园——

围观人的目光全聚焦到了钱海军身上。

钱海军上气不接地跑到小汽车前，急忙打开车门，把钱园抱了出来。小个警察立即上前，抢过钱园，停住哭声的钱园又哭了起来。大个警察问钱海军：你叫什么名字？干什么工作的？

钱海军急忙说：我叫钱海军，我是国网慈溪供电公司的社区经理。说着掏出了工作证和身份证。

警察拿着钱海军的工作证，念道：钱海军，男，国家电网公司，浙江慈溪供电公司，客户服务中心社区经理。你和这个女孩是什么关系？

钱海军：我女儿，钱园。

警察：为什么把孩子独自留在车上。

钱海军：我今天刚好路过这里，给何大爷带了一套秋衣。孩子睡着了，就没带她去。

警察：你这是典型的监护人缺失，如果孩子发生不测，让你后悔莫及。

钱海军慌忙地说：是，是，我以后注意。

一位村民看着钱海军，摸了摸头说：这是钱师傅呀，钱师傅好。说着便上前与钱海军握手。

警察：你们认识吗？

村民说：钱师傅经常来我们这里做义工，看望孤寡老人。

警察的手机响了，他按键接听，说了一阵话。

警察收起电话，把证件还给钱海军，说道：钱海军师傅，车辆信息核实过了，与身份证信息相符，是你的车。

围观的群众议论纷纷。

有的说：钱海军是义务电工。

有的说：钱师傅是个马大哈。

有的说：钱师傅是个好人。

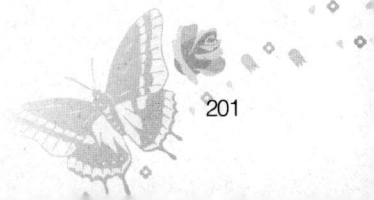

光明的诗卷

39. 国网慈溪供电公司大门　日　外

钱海军背着电工包，急匆匆地走进公司大门。

40. 钱海军办公室　日　内

抢修班大开间办公室，工位整齐有序。

钱海军坐在办公桌前，从工具包里掏出几张小纸片，仔细登记在册。

宋明辉端着水杯走了过来，说道：钱师傅，又有新情况了？

钱海军：这是我收集的孤寡老人家庭地址和联系电话。

宋明辉神秘地说：钱师傅，这个周末你就别安排事了，我租了一条船，联络了几个朋友，大家一起去海钓，放松放松。

钱海军摇了摇头说道：不行，大家休息的时间，正是我走进社区上班的时间。如果没有电话，我也得做做家务，好好表现。

宋明辉：嫂子好幸福呀。

钱海军：别提你嫂子了，前几天我把园园一个留在车上，回家她把我骂得狗血喷头。

宋明辉笑着说：哦，你这是立功赎罪呢。

桌上的电话响了，钱海军拿起电话，听筒传来的声音：钱师傅，我是党办小赵，梁书记找你有事，麻烦你过来一趟。

钱海军：好的，知道了。

宋明辉笑嘻嘻地说：怎么了？有事？

钱海军：梁书记找我，我赶紧去一趟。

宋明辉：书记找你，你肯定要提拔了。钱师傅，苟富贵勿相忘。有好事别忘了我。

钱海军：做公益，你去吗？

宋明辉：去呀，不是跟你体验过几次了嘛。

钱海军：那就好。

41. 梁为民办公室　日　内

梁为民坐在办公桌前，认真阅读一封信件，然后拿起笔批示"对钱海军的事迹进行宣传推广。梁为民"。

"咚咚咚——"一阵敲门声，梁为民抬头说道：请进。

钱海军进来了，梁为民急忙起身相迎，热情握手让座。

梁为民为钱海军沏了一杯茶，两人一起坐在沙发上。

梁为民：海军，你爱岗敬业、热爱公益，获得过国家电网公司百佳客户满意服务标兵、浙江劳模、全国劳模、全国职工职业道德建设先进个人。公司还收到了一面面锦旗和一封封表扬信，这是老百姓对你更高的嘉奖。

钱海军：谢谢梁书记，都是领导关心支持的结果。

梁为民：你是咱供电公司的一面旗帜，彰显了国家电网公司的新形象。我在群众来信上做了批示，要大力宣传你的先进事迹，希望大家向你学习，热爱公益。

钱海军：不敢，不敢。梁书记，我做得还不够。

梁为民：不用谦虚，你是我们学习的榜样了。下一步有什么打算？

钱海军：继续做我的电力义工，服务更多的人。

梁为民：我希望你带领大家一起干，怎么样？

钱海军：我非常愿意。一个人的力量毕竟是有限的，众人拾柴才能火焰高。

梁为民：好。我谈点想法，也算是征求你意见了。

钱海军：梁书记，你就指示吧。

梁为民：慈溪市是中国慈孝文化之乡，咱们国网慈溪供电公司也是传播慈爱热心公益的地方，从"阳光工程"到"小草服务队"，一直坚持立足电力，发挥技术专长，延伸服务领域，拓展服务对象，受到了老百姓的称赞，也引起了社会各界的关注。你做得更好，把目光投向孤寡老人和残疾老人，受到了社会的广泛关注。我的想法是按照国家电网公司履行社会责任的总体要求，整合公司资源，组建大客户服务中心，同时成立钱海军志愿服务队。你既是客服中心的社区经理，又是钱海军志愿服务队队长，这就把供电服务与社会公益有机地结合起来，从制度和机制上理顺关系，为你搭建一个能够

光明的诗卷

发挥所长，带领全公司开展公益的大平台，使志愿服务制度化、规范化，从而树立国网公司的品牌形象。你看怎么样？

钱海军激动地说：太好了，这是宏伟蓝图呀。感谢梁书记的信任，坚决服从组织决定。

梁为民：初步考虑，准备让刘和煦同志和你搭班子，刘和煦担任支部书记。

钱海军：我知道刘和煦，她的能力比我强，在"小草服务队"做得很好。

42. 学校教室　日　内

教室里坐满了学生，刘和煦站在讲台上，身后的投影幕布上显示"星星点灯"大课堂，小标题是"国网慈溪供电公司钱海军共产党员服务队"。

刘和煦：同学们，"星星点灯"大课堂，是国网慈溪供电公司钱海军共产党员服务队开发的感恩主题的课程，是将慈溪的慈孝文化与用电常识融为一体，以慈孝文化滋润孩子们心田，以用电安全反哺社会。

下面，我将从董黯孝母的故事，引出我们身边的慈孝人物钱海军。再通过讲述钱海军的服务故事，让孩子们学会感恩父母，感恩爷爷奶奶，感恩老师，感恩社会。

学生们一个个认真听讲。

43. 城市马路边人行道　夜　外

晚风习习，路灯明亮。人行道上，行人三三两两悠闲地散步。

刘和煦挽着老公姚海洋的胳膊，撒娇似的哼唱起来：晚风轻拂耳边，吹起我儿时梦……

姚海洋扭头看着刘和煦，说道：好浪漫呀。

刘和煦：海洋，我懂浪漫，也会浪漫，就是平时工作有点忙，可能冷落了你，对不起哈。

姚海洋笑着说：不必在意，我姚海洋不是小肚鸡肠之人。

刘和煦：谢谢你的理解。

两人慢慢地走着，突然发现路边围了一堆人。走近一看，只见马路道沿上斜躺着一位老人，蓬头垢面，一身棉毛衫裤，脖子上挂着破旧的老款公文包。

围观者窃窃私语，有人嘲笑着：这大爷呀，大热天还穿个毛衫，莫非是收火气，准备冬眠呀？

老人突然发出了"咳咳"的喘息声。

有人说：活着，人还活着。

刘和煦上前，拨开人群，蹲下身子，问老人：大爷，你家住哪里？

老人身子动了一下，但没有出声。

刘和煦继续问道：大爷，你叫什么名字？大晚上的，咋不回家呢？

老人嘴里呜哩哇啦地说着，大家都听不明白。

刘和煦对姚海洋说：打110，报警。

姚海洋拿出手机，拨通了110。旁边围观的人走了一大半。

44. 万建华家内外　夜　内

住宅楼道。民警一手提着老人的公文包，一手拿着老人的身份证，逐个核对房号。姚海洋背着老人，刘和煦在一旁站着。

民警说：在这儿。说着拿出钥匙，打开房门。

民警打开灯，只见房间里堆满了旧报纸，便自言自语地说：大爷该不会是收旧报纸的吧？

姚海洋把老人放在客厅沙发上，刘和煦看见茶几上乱七八糟地放着药盒，便拿起仔细看。

刘和煦：从这些药盒来看，老人患有阿尔茨海默病。

姚海洋说：或许是没有按时服药，突然犯病才躺在路边的。

刘和煦：快去接一杯水，给大爷吃药。

刘和煦和姚海洋让老人口服了几粒药。

刘和煦：让老人躺在沙发上休息一会。

民警说：你们两位叫什么名字？哪个单位的？我要做个记录。

姚海洋急忙说：我们只是路过，基于人道主义精神，才打电话报警的。

民警：你们是好人，老人的证件和钥匙都是我拿的，我可以做证。

刘和煦：我是供电公司刘和煦。他是我老公，姚海洋，在气象台工作。

民警：大爷是什么时间晕倒的？

姚海洋：这个不清楚，我们路过的时候，一堆人在围观，走进去一看，见大爷晕倒了。

刘和煦：我把大爷叫醒了，却听不懂他说话，就马上报警了。

民警：从户籍看，大爷叫万建华，今年 92 岁，是个独居老人。

老人从沙发上慢慢坐了起来，他艰难地举起手说道：来这么多客人，你们快坐，快坐。

民警：老人清醒了。

他们三个立即走到老人跟前。

民警说：大爷，你叫万建华，对吧。

万建华点了点头，民警接着问道：家里就一个人吗？

万建华：我没儿没女，老伴不在了，一个人独居。说着便抹起了眼泪。

民警：退休前在哪个单位？

万建华：当过兵，参加过抗美援朝，复员回来是南关中学教师。

刘和煦：万大爷，平时自己做饭吗？

万建华：偶尔做点，大部分都是去外面小饭馆解决。吃完饭回家看报纸，哪里也不去。有时候就找不到回家的路了。

民警：今天出门干啥去了？是不是找不到回家的路了？

万建华愣了一下：中午出去吃了个饭，又去了趟人民公园，从公园出来就不记得了。

民警：多亏他们两位，打电话报警，我们才送你回来的。

万建华说：谢谢你们，谢谢你们。

民警转身对刘和煦说：像这样的空巢老人可咋办呢？

刘和煦从茶几上拿起一支笔，在一个药盒上写下了自己的名字和电话，然后递给万建华，说道：万大爷，这是我的名字和电话，以后有啥事就给我打电话，我来帮你。

万建华：那多不好意思，太麻烦你们了。

刘和煦：不要客气，我是志愿者。

45. 钱海军工作室　日　内

大开间办公室里安置了两排工位，端头有个大会议桌。

钱海军和刘和煦走进办公室，他们把工位巡视一番。宋明辉和林权民跑过来，与钱海军打招呼，其他工位上的员工都站起来与钱海军打招呼。

刘和煦：钱队长，对这个办公环境满意吧？

钱海军：非常满意。

刘和煦：你给大家说几句吧。

钱海军：好吧。

刘和煦把大家召集起来，站成一排，说道：同志们，昨天公司已经正式宣布，钱海军同志为客服中心社区经理，同时担任钱海军志愿服务队队长。在此，我向钱队长和大家表个态，作为支部书记，我不但要做好思想工作，同时也为大家做好后勤保障。确保客户服务中心和钱海军志愿服务队的工作，两不误，两促进。下面请钱队长讲话。

刘和煦带头鼓掌，大家一起鼓掌。

钱海军微笑着说：还是叫我钱师傅吧。我没当过领导，不会讲话。说完停顿了一下，接着说道：我是个电工，以前下班后就去居民小区做义务电工，基本是一个人独来独往。公司整合资源，成立机构，以后的志愿服务就要统一组织，统一安排。和刘书记商量过了，服务队成立后，开展两项活动。一是"暖心行动"，就是把我以前的义务服务制度化系统化，内容是结对帮扶百名空巢老人，动员公司职工，号召社会公众一起加入帮扶行动。二是开展"星星点灯"大课堂，就是把刘书记以前开展的电力大课堂活动，提升到志愿服务这个层次。活动方案正在编制，大家都有任务。这里我再强调一下，志愿者是义务劳动，关键在于自己志愿，希望大家发挥主观能动性，根据个人时间，随时就近，为社区、为老年人提供志愿服务。大家有什么问题，可以随时找我。林全民是专家，以后技术上的问题多请示林全民。

林全民举手说道：没问题。

宋明辉：钱师傅，你给大家说说注意事项，这个很关键。

钱海军：哦。我总结了四点，就是服务态度要好，服务质量要高，一律免费，还要听取反馈意见。

大家一阵掌声。

刘和煦：咱们机构刚成立，制度和平台正在建设之中，大家要发挥各自的能动性，主动出击，主动服务。我们设立的服务专线，有专人值班，大家在外出工作中，如遇什么问题，要及时向中心报告，确保我们的服务安全、优质、高效。

46. 供电公司职工书屋　日　内

职工书屋里放着三排书架，钱海军背着工具包站在一个书架前，一手抱着几本书，另一手又翻看着书架上的书。

两个年轻职工走进书屋，看见钱海军，一个笑着说：钱师傅，来书屋还背着工具包。

钱海军：习惯了。

另一个说道：钱师傅，我们报名参加志愿服务队了。

钱海军高兴地说：欢迎，欢迎，志愿服务队正需要你们这些年轻人。

两个年轻人笑嘻嘻地说道：谢谢钱师傅，回见。

47. 钱海军办公室　日　内

钱海军正在伏案书写，吴晓丽抱着一摞资料来了。

吴晓丽：钱队长，与百名老人签订结对帮扶协议全部完成，这是资料。

钱海军：放下，我等会看。

吴晓丽：给你提个醒，万建华大爷由你负责结对帮扶，刘书记说，和你商量过了。

钱海军：是的。按照就近原则，我离万建华近。这样一来，能够节约时间，提高效率。

吴晓丽：明白了。

钱海军：最近平台服务情况怎么样？

吴晓丽：每天至少 8 人外出服务，最多的一天有 22 名志愿者在外服务。我这儿每天都有记录。

钱海军：好，你是综合岗位，动态掌握志愿者的服务情况，做好记录。

吴晓丽：好的。

48. 钱海军家　夜　内

陈东东站在穿衣镜前，不断地试穿新衣。

陈东东：海军，再过来看看嘛。

钱海军走过来看了一眼说道：非常非常漂亮。

陈东东：我爸的生日宴会，我一定要端庄大方。

钱海军：你穿什么都好看。

陈东东：一听就是应付我，你的新衣服在衣架上。

钱海军：我不换，我有我的标准装。

陈东东立即大声说道：必须换，我娘家客人可讲究了，别给我丢人。

钱海军笑着说：换，换，换。

49. 蛋糕店外　日　外

马路边辅道，钱海军站在汽车旁，焦急地转来转去。

陈东东从蛋糕店出来了，提着一个大蛋糕，笑嘻嘻地向汽车走来。钱海军看见陈东东，急忙拉开汽车后门。

陈东东把蛋糕放在后座上，笑着说：老公今天好帅，衬衣笔挺笔挺的，裤线像刀刃子，我都不敢靠近。

陈东东：我就坐在后排。把蛋糕扶着，千万别摇晃歪了。

钱海军面无表情，没有说话，原地不动地站着。

陈东东大声说道：上车呀。

钱海军走到陈东东面前，拉住陈东东的手，怯生生地说：对不起，刚接到谢大爷的电话，我得去处理一下。

陈东东：你不是说，今天的事情都安排过了，让值班的人去不就得了，你还有啥放心不下的。

钱海军：这事非同寻常。谢大爷性格孤僻，拒绝与人交往，不信任志愿者。过年停电，实在没办法才给我打的电话。最近好长时间没有联系，今天突然打电话找我，你说不去能行吗？

陈东东板着脸说：你的意思是别人的事都放不下，我家的事无所谓了？

钱海军：不是，不是。我忙完这边尽快赶过去，保证不耽搁向老丈人祝寿。

陈东东生气地说：滚！然后绕过汽车头，坐进驾驶室，使劲拉上车门。

钱海军急忙跑过去，低头说道：小心，慢点开。

50. 谢文豪家　日　内

钱海军敲开谢文豪家门，一股恶臭扑面而来，钱海军条件反射地向后背了一下身子。

谢文豪哭诉：小钱师傅，马桶堵了。找不到人，只得给你打电话了。

钱海军：谢大爷，不急，我看看。

钱海军走进室内，污水遍地，卫生间向外溢出污水。胖胖躲在谢文豪身后发呆。

钱海军踩着污水走进卫生间，抓起一个水拔子，在马桶里不停地抽拔，污水依然向外翻滚。他又拿起挂在墙上的手摇疏通器，伸进马桶，反复操作，依然没有疏通。

钱海军走出卫生间，对谢文豪说道：谢大爷，我修不了，需要专业队伍，用专业工具。

谢文豪：啊，去哪里找呀？

钱海军：你别管，我去找人，马上就回来。

51. 酒店宴会厅　日　内

宴会大厅坐满了客人，大家喜气洋洋，目光齐聚小舞台。

小舞台背景墙上挂了个大大的寿字，舞台前沿一边是个多层大蛋糕，一边是一个特大果篮，陈老先生和老太太坐在太师椅上喜笑颜开。

主持人手拿话筒滔滔不绝：让我们共同祝愿陈老先生福如东海，寿比南山。下面，请爱女、爱婿登堂拜寿。

陈东东正在打电话，小声说道：你要是现在不来，今后就永远别来。

旁边有人拉了一下陈东东的胳膊，指着舞台说道：快，该你登堂拜寿了。

陈东东抹着眼泪，走上舞台，对着爸爸妈妈三鞠躬，然后跪倒在爸爸妈妈脚前，说道：女儿不孝。

下面七嘴八舌地说：女婿呢？女婿干啥去了？这女婿真是不近人情。

有人说：人家忙呗。

陈老先生拉起陈东东：海军是好样的，我喜欢海军。

52. 谢文豪家　日　内

钱海军和一个小孩子围着马桶忙活着，小伙子操作专用机器疏通器把马桶疏通开了。

小伙子说：通了，通了。只听见"咕咚、咕咚"的水流声。

钱海军：小伙子，太感谢你了。

小伙子：钱师傅，一共300元，我只收你150元。

钱海军：为什么？

小伙子：钱师傅，你是慈溪的慈善代表，你的事迹感动了我，我只收半价，就算是我学雷锋了，等会我把钱微信退给你。

钱海军：别退了，你下楼去买一瓶空气清新剂，我抓紧搞卫生。

小伙子：这没问题，我顺便把工具带下去。

小伙子带着疏通器走出大门，钱海军提着水桶，拿着拖把清洗地板。

谢文豪拿着扫把颤巍巍地说：小钱师傅，今天要不是你，非要把我们父子臭死在家里。

钱海军说道：不会的，大家都会帮你。

谢文豪抹着眼泪说：你是我家的大恩人啦！

胖胖走到马桶旁，伸手按下水阀，只见水哗哗地冲进马桶。

谢文豪说道：胖胖，马桶疏通了。

胖胖双手鼓掌，笑嘻嘻地说：通了，好。

谢文豪：快谢谢钱哥哥。

胖胖急忙鞠躬，说道：谢谢钱哥。

谢文豪高兴地说：小钱师傅，胖胖给你鞠躬了，我可没指导他呀。

钱海军：胖胖懂事了，加油。

谢文豪高兴地说：这可是以前没有过的事情呀。

53. 酒店宴会厅　日　内

大家围坐在餐桌前用餐，一拨一拨轮番给陈老先生和太太敬酒，陈老先生笑眯眯地点头。

钱海军穿了一套新衣服，匆匆忙忙地走进宴会厅。他抬头看了看，急忙地向陈老先生走去。

钱海军经过一个餐桌，几个人吸了吸鼻子，立即放下筷子，说道：怎么一股臭味？

钱海军走到陈老先生跟前，说道：爸，祝您生日快乐，长命百岁。

陈老先生抓住钱海军的手说：我知道你忙，我能理解。

钱海军：有位老人，家里漏水，比预想的麻烦了一些，处理完我就赶过来了。

陈老先生：快坐下吃饭。

钱海军：爸，我给你敬酒。

陈东东拿着酒杯（凡开车来的人，酒杯里倒的都是西湖龙井），走到钱海军的身边，递给钱海军一杯，小声说道：来晚了，多敬几杯酒。

一位男子站了起来说道：姐夫，我是酒司令。先自罚三杯。

钱海军举起酒杯说：我先敬爸爸。祝爸爸笑口常开，身体安康。年年有今日，岁岁有今朝。说着举起酒杯喝了。

陈东东站在钱海军身边，鼻子吸了吸，瞪着眼睛说道：怎么换衣服了？咋这么臭呢？

钱海军转身对陈东东说：要是不洗澡，不换衣服，会更臭。

男子继续调侃道：姐夫，你也不看看，今天是啥日子，还有啥放不下的？是想升官？还是想发财？

陈老先生嘿嘿一笑：升什么官，发什么财。我理解海军，我也支持海军，海军做的事是善事、好事。

男子说：老爷子说得好，鼓掌。说着带头鼓掌，大家跟着一起鼓掌。

钱海军的手机突然响了，陈东东身子一颤，吃惊地看着钱海军。旁边有人小声说：不会又要走吧？

钱海军拿起手机，听筒里传来了谢文豪的声音：小钱师傅，今天太感谢你了，赶上老丈人的寿宴了吗？请代我向你老丈人问候，祝愿老先生健康长寿，安享幸福。

钱海军收起手机说：爸爸，是我今天帮助的谢大爷，他祝愿您健康长寿，安享幸福。

陈老先生：这个祝福我接受了。

54.（回忆渐出）茶楼 日 内

阿蓉面前摊着笔记本，她举手拍了几下手掌，说道：精彩，实在精彩。感动，我快要流泪了。

钱海军：也没啥，都是些平凡琐事。

阿蓉：平凡之中见真情呀。你不但懂电力，还会修家电，真是个多面手呀。

钱海军：社区叔叔阿姨给我封了个"万能电工"的头衔。

阿蓉：金杯银杯，不如老百姓的口碑。这是老百姓给你的最高奖赏。

钱海军笑着说：我也喜欢这个头衔，所以跑得更欢了。

阿蓉：你都跑过啥地方？

钱海军：因为不收钱，老人们就相互传，传得越多，我就跑得越远。起初只是附近几个固定小区，后来凡是打电话的，我都去。不但全市跑，有时还跨市跑，最远跑过宁波。

阿蓉：我妈说上午给你打电话，下午就到，到了马上就开始工作。

钱海军：用电问题都比较急迫，所以不能怠慢。来过一次，就记住地址了，以后经常回访，一来二去，慢慢地就和老人家熟悉了。

阿蓉：我妈就是这么认的干儿子。

钱海军笑着说：是的。

阿蓉：钱师傅，我要向你道歉。我误会你了，还以为你是个骗子，或者有其他图谋。

钱海军嘿嘿一笑：误会很正常，事实能证明一切。

阿蓉说：是的，谢文豪的故事就是最好的例证。事实教育了他，也打开了他的心结。这正是精诚所至，金石为开。

钱海军笑着说：是这样的。

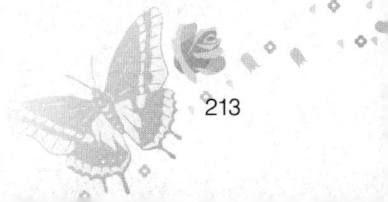

阿蓉：你们公司领导觉悟很高呀，对志愿者服务认识到位。

钱海军：是的。起初我是单打独斗，现在成立了志愿服务队，把志愿服务制度化、规范化了。

阿蓉：志愿者服务遍及全世界，做法大同小异。志愿者主要是志愿付出劳动，如果需要大额资金，就得靠社会筹措。我要把你的事迹讲给大家，让更多的人加入志愿服务行业。我首先要加入你们志愿服务队。

钱海军笑着说：欢迎，欢迎。

阿蓉：我认识一些公司高管，可以为你们提供赞助。

钱海军：阿蓉，那我要好好感谢你了。

阿蓉：不要感谢我。和你相比，我自惭形秽。我只专注自己的事业，忘记了家庭责任，忘记了社会责任，实际上是自私的表现。

钱海军：不要这么说，你在另一个战线上为国家奉献，我照顾你的妈妈也是为国分忧。

阿蓉：我要调整思路，兼顾事业和家庭。妈妈年纪大了，我要好好陪陪妈妈。

阿蓉抬起手腕一看手表，大吃一惊：啊，这么晚了，妈妈该吃药了，我赶快打个电话。

钱海军急忙说：只顾说话，还没有吃饭呢。

55. 钱海军家　夜　内

陈东东坐在客厅看书，女儿钱园跑过来：妈妈，我作业做完了。

陈东东合上书：洗洗睡觉吧。

钱园：爸爸怎么还没回来？

陈东东：你爸呀，他心里就没咱这个家。

钱园：我想听爸爸讲电力故事，我要写作文。

陈东东：写作文的题材很多，何必吊在你爸这棵树上。

钱园不情愿地走进了卧室。

56. 茶楼门口　夜　外

城市霓虹灯闪烁，大型建筑物上演着一幕幕灯光秀。

钱海军和阿蓉走出茶楼。阿蓉伸了个懒腰，看着光彩琉璃的夜晚，说道：电力人实在了不起，把城市装扮得这么漂亮。

钱海军：这是劳动人民共同创造的。

阿蓉：你总是那么谦虚。好了，今天认了你这位干哥，以后咱们兄妹多联系。

钱海军：好。我先送你回家吧。

阿蓉：不，我自己回家。你这么晚回家，不知嫂子有没有意见？

钱海军：都习惯了。

阿蓉：那就好。

57. 钱海军家　日　内

清晨，钱海军洗漱完毕，轻手轻脚地从客厅走过。他背起电工包，准备穿鞋。却听见身后传来一声"站住"。

钱海军回头一看，陈东东怒气冲冲地走了过来。她瞪着眼睛说道：园园晚上等你回来讲故事，可就是等不到你。园园还没起床你就要走，孩子全天都见不到你，哪里有你这样的爸爸？

钱海军：手头上有点工作，我想早点去处理一下。

陈东东严厉地说：真把自己当人物了，昨天干什么去了？

钱海军：我能干啥呀？不就是些点灯接线的碎事嘛。

陈东东：哼！恐怕没那么简单吧，如果有个妹子陪着，是不是就成有趣的事了？

钱海军恍然大悟，笑嘻嘻地说：你还说对了，昨天认了个干妹子。

陈东东神色大变，厉声说道：你说啥？干妹子？怪不得回来那么晚。

钱海军：你先别着急嘛，让我把话说完。王云霞老人家知道吧？

陈东东：知道，咱们还去过她家，把你认作干儿子。

钱海军：是的，她女儿回来了，自然是我的干妹子了。

陈东东：她是孤寡老太太，怎么有女儿了？

钱海军：她女儿阿蓉可优秀了，财经记者，常年派驻海外，见多识广，给我出主意，今后或许真需要她帮助。

陈东东：你真是，给你个杆子就爬。

钱海军：我还不是为了给更多的老年人服务嘛。

陈东东：原来是这样。

58. 电力设备展览馆　日　外

露天电力设备展览馆。林全民领着学生，指着电气设备讲解：这些都属于电气设备，这台是变压器，这台是互感器，那边是空气开关。

一位小学生举手问道：老师。这里的电气设备咋和我们家的电器不一样呢？

林全民：这位同学是个喜欢思考的好学生。我刚说了，电气与电器是同音，不同字。电气中的气字是空气的气，电气是电力科学的统称，也叫"电力"。而家用电器中的器是机器的器，是指以电力为动力的机器，家庭用的电器就是家用电器，像电视、冰箱等等。

刘和煦和老师站在后排。老师说：哇，这么深奥，长见识了。

59. 住宅小区小广场　日　外

健身器械小广场，几个老头和老太太在健身锻炼。

谢文豪领着胖胖走了过来，谢文豪指导胖胖转动健身盘，胖胖高兴得嘿嘿直笑。

有位老人说：老谢，把孩子带出来玩就对了。接触生活，才能融入生活。

谢文豪：哎，以前是我思想狭隘，总觉得低人一等，抬不起头，不愿意与大家交往。钱海军关心我，疏导我，让我重新鼓起了做人的勇气。

老太太：钱海军不但给咱把灯点亮了，还给了我们生活的希望。

老大爷笑嘻嘻地说：你这话说得好，就像领导讲话一样。

几个老人都爽朗地笑了。

阿蓉路过，看着老年人高兴的样子便走了过来：老大爷，你们笑什么？

老大爷说：高兴呀，我们生活有希望了。

阿蓉：我正在采访老百姓的生活话题，你们说一说，你们生活的希望来自哪里？是养老金吗？

老大爷说：只要不生病，养老金绰绰有余。我们对生活的希望，来自钱海军，希望有更多像钱海军这样的人服务社会。

阿蓉：钱海军对你们生活帮助大不大？

几位老人异口同声地说：帮助可大了。

谢文豪急忙说：我是钱海军义工的受益者，钱海军把我和儿子带出了阴霾，见到太阳了。说完抬头看了看天空。

另一个老大爷说：钱海军组织"暖心行动"，对我们一对一帮扶，服务可周到了。

阿蓉：什么暖心行动？

老太太说：你去问钱海军吧，他就在6号楼干活。

阿蓉：是吗？我去看看。

60. 住宅楼下　日　外

钱海军蹲在地上，正在整理工具包，阿蓉远远喊道：钱师傅好。

钱海军抬头一看：你怎么来了。

阿蓉笑着说：记者嘛，就是到处走走看看。

钱海军：你还没走？

阿蓉：我向总部报告，希望把我的工作转移到经济民生。今后我要行走基层，发现素材，深度挖掘，回馈社会。

钱海军：总部批了吗？

阿蓉：还没有，我已经开始走访基层了。

钱海军：发现素材了吗？

阿蓉：就发现了你这样的典型素材。

钱海军笑了：你的路子走歪了。你是财经记者，你应该继续关注国际财经，为国家经济发展做出更大的贡献。说着提起工具包和材料包，扛起折叠梯子，就要走。

阿蓉：我来帮你。说着强行夺过材料包。

光明的诗卷

浙江电力文学丛书

诗 歌 电 影 剧 本 卷

阿蓉：你们的"暖心行动"是什么？

钱海军：就是动员大家一对一帮扶孤寡老人。

阿蓉：那我也帮扶一个老人。

钱海军：你是记者，整天东奔西走，老人一打电话，你却在国外，能行吗？

阿蓉：也是，看来"暖心行动"不适合我，不过这个活动本身意义重大。

钱海军：咱们各尽所能，各执其事，这样社会才能协调发展。

阿蓉：我感觉你的形象越来越高大了。

钱海军嘿嘿一笑：我只有一米七零，何谈高大？

阿蓉：你做的事情太了不起了。毛主席说过，一个人做点好事并不难，难的是一辈子做好事，不做坏事。我以为，这样的人是神人，世界上不可能找到这样的人。但是遇见你，彻底改变了我的看法，因为毛主席说的人我找到了，那就是你。你几十年如一日，能一直坚持下来，实在令人敬佩。

阿蓉突然掏出手机，对着钱海军拍起照来。

钱海军嘿嘿一笑：有啥好拍的？

阿蓉：上网发布，让更多的人认识你。

钱海军：那你把我的手机号附后面，告诉大家，有困难找钱海军。

阿蓉：就凭着你这句话，不火都不行。

61. 停车场 日 外

钱海军走到一辆小汽车前，对阿蓉说：谢谢你，放这儿吧，我自己收拾。说着打开后备厢盖子。

阿蓉愣住了，突然说道：钱师傅，等等，你这后备厢简直是百宝箱呀，咋放这么多东西？

钱海军：搞维修嘛，这些小配件是必需的，如果不带，有时候就抓瞎了。所以嘛，平时带在车上，以防万一。

阿蓉：这是电力义工的百宝箱，让我拍张照片，让朋友见识见识。

钱海军的手机突然响了，他拿起一看，立即按下接听键。听筒里传来了一个老太太的声音：是钱海军师傅吗？

钱海军：我是钱海军，您请讲。

电话声音：是别人把你电话告诉我的，我试着给你打的。

钱海军：大妈好，有啥事你就说？

电话声音：我家空调不能用了，你啥时候有空来帮我修一下，不急，不急。

钱海军：请把你的具体地址和联系方式告诉我。

电话声音：宁波市，万山路57号院，1号楼1层东户，就是最破旧的那栋楼。我叫陆亚娟。

钱海军：陆大妈，我马上出发。

钱海军转身对阿蓉说：有任务，我要马上出发。

阿蓉：能带我一起去吗？

钱海军笑着说：算了吧，有点远，你忙你的吧。

钱海军收拾完东西，急忙上车。"嘀嘀"一声，汽车出发了。阿蓉好像想起什么，拔腿就追。

62. 城市街道　日　外

街道车水马龙。钱海军驾着小汽车，车窗里的红色马甲格外醒目。

在绿灯闪烁的时候，钱海军的汽车冲过了十字路口。

阿蓉坐在出租车的副驾驶位置上，看着十字路口的红灯，急得直喘粗气。

63. 陆亚娟家　日　内

钱海军走进陆亚娟家，陆亚娟一手拄着拐杖，一手扶着门边说：不知道为啥，今年空调不好用，现在一点没反应了。这两天太热，实在没办法，只好找你了。你的电话是院子里人告诉我的。

钱海军说：我看看，马上修。

钱海军走到空调跟前，用验电笔反复试验后，说道：应该是这个插座的问题，我给你换个新的。说着从工具包里找出插座，快速更换起来。

陆亚娟站在旁边看着。钱海军边操作边说：大妈，导线有点太细，老化严重，如果是大空调就带不动了，甚至可能会过负荷烧坏导线。

陆亚娟紧张地说：那怎么办呀？

219

钱海军：现在先凑合着用，我随后想办法，把你家的线路换成新的。

陆亚娟：不换，凑合凑合就行。

钱海军：不要钱，免费给你换。

陆亚娟：啊，那怎么行呢？

钱海军装好插座，说道：大妈，换好了。说完把插头插上，然后打开空调。

"嗡嗡——"空调开始运转起来，陆亚娟走到空调跟前，用手试了一下，高兴地说道：有冷气了。谢谢你。

钱海军：陆大妈，以后有啥事，就给我打电话。

陆亚娟欲言又止，说道：不知你最近忙不忙？

钱海军笑着说：你有啥事，就尽管说。

陆亚娟张了两次口，终于说道：你要不是不忙的话，就帮我买些大米。我能买，就是拿不动。

钱海军：让我看看你的米缸。

陆亚娟一手拄着拐杖，一手扶着墙，走到了厨房。钱海军把几个柜子打开看了看，说道：陆大妈，米、面、油、调料都不多了，我看都得备点，这两天就给你送来。

陆亚娟：太感谢你了，我给你取钱。说着就从口袋里掏钱。

钱海军急忙说：不用，不用。说着上前按住陆亚娟的手，不料陆亚娟使劲一推，钱海军的手被划了一道长长的印子。

钱海军看了一下自己的手，又看了看陆亚娟的手说：陆大妈，别急着给钱，咱们先坐下来歇一会儿。

陆亚娟高兴地说：好，歇一会儿。

陆亚娟拉着钱海军走到窗前的一把椅子跟前，钱海军掏出指甲刀，蹲在陆亚娟跟前，抓住老人家的手，剪起指甲来。

钱海军抬起头，看见陆亚娟流下了眼泪，急忙说道：大妈，你怎么了？

陆亚娟哽咽着说：我有亲人了。

钱海军怯生生地说：什么亲人？

陆亚娟：我今年79岁了，一生未嫁，无亲无故。天生小儿麻痹，行走不便，这些年基本上不出门了。有时候心慌了，就坐在这儿，傻傻地望着天空。

钱海军：陆大妈，您要是不嫌弃，我就做您的儿子吧。

陆亚娟一惊：啊，儿子？不可能，这怎么可能呢？

钱海军大声喊道：妈妈！说完抓住了陆亚娟的双手。

陆亚娟泣不成声，激动地说道：儿子，我有儿子了。

"啪，啪，啪！"一阵掌声，阿蓉走进家门。

钱海军回头一看，只见阿蓉站在门口。

钱海军：你怎么来了？

阿蓉：我是记者，我跟踪过来的。刚才站在门外，听见你和陆妈妈的对话，实在不忍心打断，就偷听了一会，确实令我感动。

钱海军：陆大妈一个人挺孤独的。

阿蓉若有所思地说道：宁波妈妈认了个慈溪儿子。有了，我要写一篇《宁波妈妈和慈溪儿子》。

陆大妈急忙说：好，你赶快去写，见报了我一定要看。

钱海军：别，别，千万不要写，我还没做什么呀。

阿蓉：我的目的是感动更多的人，让更多的人加入社会公益行列。

64. 陆亚娟家门外　日　内

钱海军和阿蓉出门，与陆亚娟告别。

阿蓉走在前面，钱海军突然说：别走，楼道刚好有个电表箱，我给你讲讲，刚好回答你的疑问。

钱海军领着阿蓉走到楼道的电表箱前，指着电表说：每家每户都有电表，我们所说的表指的就是到用户家的入户电表。

钱海军接着说道：供电服务条例规定，电表前属于供电公司资产和责任，电表后属于居民个人资产。

阿蓉说道：我明白了，就是说，按照资产和法律责任，供电公司只负责电表前，你们现在的服务延伸到了电表以后。

钱海军竖起大拇指，说道：理解正确。

阿蓉：如此一来，你们的工作量会增加很多。

钱海军：是的，供电公司是企业，我们的本职工作是电网建设、供电营业服务、重大保供电和应急抢险。电表以后延伸服务只能依靠志愿服务队，利用 8 小时外的时间来完成。

光明的诗卷

阿蓉：啊，你这么经常加班，不就违反劳动法了？

钱海军：这就要靠觉悟了。

阿蓉感慨地说：中国老百姓还是真有福。我在欧洲待的时间长，那边所有维修都收费，上门服务至少 100 欧。去年，在我们租的公寓装了个空调，服务费合人民币 1.3 万。还要排队预约，哪有随叫随到呀，更谈不上加班加点了。

钱海军急忙问：欧洲的电费贵不贵？

阿蓉：1 千瓦·时电合人民币两三块，最高的 5 块，许多家庭就是装了空调，也不敢用，电费贵，用不起。咱们国家居民用电就 5 毛钱，装了空调随便开，真是幸福呀。

钱海军：这么说，作为电力工人，还蛮有自豪感的。

阿蓉：是的，向中国电力工人致敬。

65. 破旧住宅楼　日　外

钱海军和阿蓉走出楼洞，阿蓉回身看了一眼住宅楼，说道：这楼也太破旧了。

钱海军：城市发展有个渐进过程，像这样的老楼还有很多，由于年代久远，水电设施都需要更新改造，陆大妈家的照明线路也是严重老化。

阿蓉：那怎么办呢？

钱海军：需要重新布线。

阿蓉：这可不是一家的问题呀。

钱海军：是的，我们做过调查，政府计划逐步拆迁，所以不会投资改造的，但啥时候拆迁，却是未知数。有些住户自己掏钱改造了，但一些贫困户、残疾人家庭却无能为力。但这些贫困家庭的电力线路确实需要改造。

阿蓉：那怎么办？

钱海军：我正在酝酿思考，准备以志愿服务中心的名义组织发起，为这些家庭实施室内照明改造，给他们送光明、送温暖，项目名称定为"千家万灯"工程。

阿蓉：有困难吗？

钱海军：最大的困难是资金。刚才给你讲了，这属于居民个人资产，改造费用不可能摊进公司成本。我们可以组织志愿者义务劳动，但是材料费怎么办？只能向全社会募捐了。

阿蓉：把你们的倡议书和活动方案发给我，我推荐给企业界的朋友。

钱海军高兴地说：你好呀，如果募捐的资金足够多，"千家万灯"工程可以不断向外拓展。

阿蓉：我们一起努力，希望能兴起热爱公益奉献社会的新热潮。

66. 供电公司会议室　日　内

一张回字形会议桌，梁为民坐在端头主持会议，其他人员坐在两侧，钱海军正在汇报。

钱海军：各位领导，我简要汇报。钱海军志愿服务队成立以来，发展志愿者192人，成立12个专业小组。开展"暖心行动"，完成表后抢修1257次，走访慰问93次，组织爱心献血11689毫升，扶贫助学11人次，心理援助33个小时，完成未成年人社会体验服务13次，惠及165人。"星星点灯"大课堂举办35次，使1000多名中小学生得到电力知识教育。经过调查研究，即将启动"千家万灯"贫困和残疾人家庭室内电力线路改造项目。请各位领导批评指正。

梁为民：同志们，钱海军共产党员服务队和志愿服务中心的工作开局良好，在社会上引起强烈反响，在钱海军的感召下，公司职工和社会上的许多爱心人士纷纷加入了志愿者行列。为了进一步做好志愿服务工作，经公司研究决定，把钱海军共产党员服务队和钱海军志愿服务中心提升到市级公司层面，在更大范围内开展工作，希望借助"千户万灯"这个机会，把公司的供电服务提升到一个新的水平。

大家一阵掌声。

梁为民接着说道："千户万灯"启动仪式已经进入筹备阶段，请各部门密切配合，确保启动仪式圆满成功。钱海军同志，希望你再接再厉，继续努力。

钱海军站起来说道：保证完成任务。

67. 学校大门外　夜　内

钱园背着书包走出校门，陈东东挥手。

钱园走到陈东东跟前说道：妈，给你说过多次了，我已经是中学生了，不要来接我，我自己能回家。

陈东东：刚好路过，咱们一起回家不好吗？

钱园：那好吧。

钱园拉住陈东东的手，走在人行道上。钱园扭头看着陈东东，故作神秘地说：妈，告诉你个秘密，网上有我爸的视频，是老师告诉我的。

陈东东：这有什么大惊小怪的，你爸也不是第一次上网。

钱园：啊，我爸和一位美女在一起，你也不介意？

陈东东立即停住脚步，说道：什么？在哪里，我看看。

钱园：打开你的手机，点击网页，搜索"阿蓉财经"。

陈东东立即掏出手机，不断点击，她看着看着，脸色变了，说道：晚上要把你爸好好审一审。

钱园噘嘴说道：我来当法官。

陈东东：你要把他们前前后后的事情问个清楚。

钱园侧身看着路边的烤肉店，说道：妈，我想吃烤串。

陈东东看了钱园一眼，说道：一看就没胃口，回家吃饭吧。

钱园撒娇似说：我想吃嘛。

陈东东：只许吃一串。

钱园：三串。

陈东东：两串。

钱园：成交。说完高兴地拉着陈东东走向烤串店。

68. 钱海军家　夜　内

陈东东在厨房烧菜，钱海军背着工具包回来了。

钱海军洗漱完毕，走到餐桌前，说道：好香呀。

陈东东端着一盘菜放在餐桌上，说道：叫园园吃饭。

钱园跑了过来：我来了。

三个人围在餐桌前吃饭。

陈东东看着钱园，钱园丝毫不理会，只顾狼吞虎咽地吃饭。

陈东东：园园，你不是有事问你爸吗？

钱园抬起头看了钱海军一眼：什么事？哦，爸，今天太阳从西边出来了，你这么早就回家了？

钱海军：明天有个重要活动，我晚上要准备一下。

陈东东：什么重要活动？

钱海军：钱海军志愿服务中心揭牌暨全市"千家万灯"贫困户室内照明改造项目启动仪式。

陈东东：这么大的活动，应该是领导们的事情，你要准备什么？

钱海军："千家万灯"贫困户室内照明改造是我提出来的，资金靠志愿者募捐，改造靠志愿者实施，所以我要在大会上代表志愿者宣读《倡议书》。

钱园高兴地说：我爸成主角了。

陈东东：主角就要被聚光追踪，就要经得起考验。

钱海军笑眯眯地说：咱这光头，任何时候都能经得起考验。

陈东东：是吗？网上的视频是怎么回事呀？

钱海军莫名其妙地问：什么视频？

陈东东看着钱园：园园，你怎么不说话？

钱园不好意思地说：爸，就是那个"阿蓉财经"。

钱海军：哦，你们说阿蓉呀。

陈东东：叫得蛮亲切呀？

钱海军哈哈大笑：阿蓉你是知道的呀，就是上次给你说的王云霞的女儿。《宁波妈妈和慈溪儿子》就是她写的。

陈东东：这些我都知道。

钱海军：知道还问什么？

陈东东：视频咋回事？

钱海军：这次给我帮大忙了，"千家万灯"工程需要钱吧，到处募捐，但都是小钱，阿蓉介绍的一家企业，一次捐资 80 万，今明两年的改造费用全部解决了。

陈东东：看来阿蓉是你的贵人呀？

光明的灯巷

225

钱海军：那当然，我还要好好感谢人家呢。

钱园：妈，老师在我们班上播放这个视频，要同学们学习我爸助人为乐的精神，还特别点了我的名字。

陈东东生气地说：你这丫头，那你给我说这些，难道是为了吃烤串？

钱园做了个鬼脸，吐了一下舌头。

69. 曹大妈家　日　内

曹大妈看着黑白电视，看着屏幕上的越剧，自己一边唱，一边比画着兰花指。

越剧结束了，曹大妈拧着频道旋钮，突然说道：这不是钱海军吗？说完急忙坐下来仔细观看。

屏幕上的钱海军正在宣读《倡议书》，同时说道：为贫困户改造室内照明线路，改善贫困户用电状况，为贫困户提供一个安全优质的用电环境。

曹大妈激动地说：这好呀！说完急忙鼓掌。

70. 陆亚娟家　日　内

陆亚娟正在家看电视，电视画面是钱海军正在讲话。

钱海军说道：我们广大志愿者庄严承诺，点亮一盏灯，帮扶一家人，温暖一座城。

陆亚娟激动地抹起了眼泪。

71. 钱海军家　日　内

钱园背着书包冲进家门，大声喊道：妈，快回放我爸的新闻。

陈东东说：先洗手吃饭。

钱园：不，我要看我爸。

陈东东：你去洗手，我来回放。

钱园洗完手，拿着一盒酸奶，边喝酸奶边看电视。电视画面是记者采访钱海军。

钱海军说道：志愿服务队将利用节假日休息时间投入人力，所需资金由民政慈善机构通过义卖、义演筹得善款，也有热爱公益的公司鼎力相助，捐出巨款，在此我代表钱海军志愿服务中心表示衷心的感谢。

记者：请问，这次活动为什么叫作"千户万灯"？

钱海军：千户万灯，就是走进千户家，点亮万盏灯，守护万家灯火。

记者：第一阶段的任务是什么？

钱海军：第一阶段，我们选择 100 个贫困家庭，组织 15 个志愿者分队，按照项目负责制的管理模式实施改造。

记者："千户万灯"活动仅限于我们慈溪市吗？

钱海军："千户万灯"活动从慈溪发起，如果募捐资金充足当然可以走出慈溪，让更多的人分享电力带来的光明和温暖。

记者：祝愿你们心想事成。

钱海军：谢谢，但愿我们梦想成真。

钱园高兴地说：妈，我爸表现怎么样？太牛了。

陈东东：我看一般般吧。

钱园吐出舌头，做了个鬼脸，起身跑进卧室。

72. 周大爷门口　日　外

农村住户。林全民和两名志愿者，身穿红马甲，走到一家大门前敲了起来，开门的是周大爷。

林全民看着记录本，说道：周大爷，我们是钱海军志愿服务中心的，帮你家改造室内电力线路。

周大爷：村支书前些天说过了，我不信。你们走吧，我家不改造。说着就要关门。

林全民立即上前挡住大门，说道：大爷，改造线路是为了你家用电安全。

周大爷：我不用电更安全。

林全民：那何必呢？没有电，不说看个电视，进门黑灯瞎火，你能习惯吗？

周大爷：反正我不改造。

林全民：大爷，你怕啥？

227

周大爷：说是免费，谁信呢？这年头，谁不想赚钱？

林全民：我们真不收钱，你看我们自带材料，你还有啥怕的？

周大爷：真不要钱，你们就进吧。

73. 周大爷住宅　日　内

周大爷领着林全民走进屋，这是一间老式的木结构房子，房梁上积满了厚厚的灰尘，因为年久失修。室内电线看起来破旧不堪。

林全民：周大爷，这电线破旧，如果超载过负荷，会自燃起火，你这木头房屋就成了"易燃品"。

周大爷：还挺怕人的。

林全民大声说道：把电线塑管搬进来，把旧电线全部拆除，重新布新线。

周大爷：要不要我来扶梯子。

林全民：大爷，不用，你就在外面等着，这里有我们，你放心吧。

74. 周大爷院子　日　外

周大爷买回一袋瓶装水和一包香烟，放在院子的小桌子上。

一位老太太走进院子，问道：你家是在干什么？

周大爷：给我改电路呢。

老太太：要不要钱？

周大爷：不要钱。

老太太：给我家也改一改多好。

周大爷：你给人家说。

林全民和两个志愿者满身灰尘走了出来。

林全民：周大爷，改完了，你看看。

周大爷走到门口一看，白生生的塑管和电线，灯泡明亮。

周大爷高兴地说：好，新的就是好。

林全民：以后你家的电视、冰箱、风扇、电暖气，随便开，随便用，不怕超载，不怕短路，绝对保证你安全用电。

周大爷高兴地说：太好了，快抽烟、喝水。说着便走到桌前拿起香烟。

林全民和两个志愿者全然拒绝，说道：不抽烟，我们车上有水。

周大爷：抽吧，买都买了。

林全民：我们有纪律，再说了，我们真不抽烟。

老太太：你们都是好人。把我家的电路也改一改，行不行？

林全民：你家在哪里？

老太太指着不远处的一座小高楼，说道：就是那座楼。

林全民笑着说：老奶奶，那是座新楼，电线肯定是全新的，不需要改造。要不你给孩子打电话问问。

老太太：是去年建成的，电线是新的。

周大爷：哎，你是瞎子赶庙会——瞎凑热闹。

75. 钱海军工作室　日　内

办公室一面墙上是"千户万灯"第一阶段里程碑计划。已经完成的、未完成的、正在进行的，都一一标注得清清楚楚。

林全民和宋明辉走到展板前，仔细看着：看来要加快进度了，已经落伍了。

吴晓丽走了过来，说道：你们为什么落伍了？

林全民：我们去了几趟，家里没人，扑了个空，严重影响了我们的进度。

宋明辉：有些老人喜欢串门，最好提前联系一下。

林全民：我得发挥村干部的作用，提前通知他们。

吴晓丽：加油，尽快赶上吧。

76. 金秀家　日　外

钱海军、宋明辉走进了金秀家。

宋明辉：钱师傅，我知道，你对我的工作不放心，请您指导。

钱海军：金秀家是残疾人家庭，情况比较特殊，给我的印象深刻，我是要实际查看一下。

宋明辉领着钱海军走进低矮的房间，回到院子又看了一遍。

钱海军说道：我看方案需要调整。考虑到户主行动不便，一定要避开她日常行走的区域。开关位置不变，让他们感觉顺手。再增加几个插座，作为电热器和电风扇的预留插座。

宋明辉：钱师傅，还是你考虑得周到。

钱海军：要站在残疾人的角度看问题。

宋明辉：钱师傅，我给金秀说一下，马上就干。

钱海军没有回答，只见身子摇晃起来，突然坐在地上，低头不说话了。

宋明辉大惊失色：钱师傅，你怎么了？

钱海军没有反应。宋明辉大喊道：120，快打120。

77. 医院病房　日　内

钱海军躺在病床上输液，陈东东坐在旁边看着。

钱海军醒来了，他左右看了看，自言自语地说：这是哪里？

陈东东：医院。你已经躺了一整天了。

钱海军：啊，金秀家的改造完了吗？

陈东东：我不知道什么金秀银秀，我只知道你的身体生了锈。

钱海军：我到底怎么了？

陈东东：长期疲劳，免疫力低下，感冒诱发血压升高。医生让你静静休养。

钱海军：休养？这不要我的命吗？

78. 梁为民办公室　日　内

刘和煦和梁为民面对面坐在办公室里。

刘和煦：梁书记，钱海军同志的情况大概就这样。

梁为民说道：钱海军同志太累了，从现在起，钱海军手头的所有工作全部由你负责，让他好好休息，养好身体。

刘和煦：没问题。大家听说钱海军生病住院，感到内疚，自我加压，努力工作，"千户万灯"项目有望提前结束。

梁为民：你要注意，志愿者服务大多数是节假日休息时间，这样一来同志们就更辛苦了，所以，你们把握工作节奏，注意内部帮助，保证职工身体健康，善待咱们这支队伍。这几年你除了结对帮扶，还做好了内部管理，特别是在制度化、规范化方面做了大量工作，成绩有目共睹。你也要注意身体。

刘和煦：梁书记，我记住了。

梁为民：钱海军的病房在几楼？我去看看钱海军。

刘和煦：那我领你去吧。

梁为民：咱们现在就走。

79. 医院病房　日　内

钱海军躺在病床上输液，宋明辉站在旁边。

钱海军：金秀真的很满意？

宋明辉：金秀全家都满意。

钱海军：我还是不放心，让我看一眼。快去开车，咱们快去快回。

宋明辉：嫂子回来会责怪我的。

钱海军：抓紧时间，你嫂子要是回来，咱就走不了。

钱海军坐起身子，坐在床边，突然拔掉输液针头，急匆匆地向外走去，宋明辉跟在后面出了病房门。

80. 金秀家　夜　外

傍晚时分，宋明辉拉着钱海军来到金秀家。窗户露出了亮光。

金秀领着钱海军走进屋子，金秀的女儿趴在台灯下写作业，钱海军满意地点了点头。

金秀的丈夫骑着三轮车回来了，在院子里弄出了响声。

钱海军来到院子里，看见金秀的丈夫正在清理三轮车，车上的东西看不清楚。

钱海军抬头看了看，说道：在堂前屋檐下再装一盏节能灯，晚上回来就不怕磕碰了。

宋明辉急忙说：好，好。

宋明辉的手机响了，宋明辉一看是刘和煦的电话，急忙问钱海军接不接。

钱海军：接吧。

听筒里传来了刘和煦的声音：宋明辉，钱海军是不是和你在一起？

宋明辉：是的。

刘和煦：梁书记在医院大发脾气，钱海军爱人在病房大哭，你说该怎么处理你？

宋明辉：我，我……

钱海军接过电话说道：刘书记，一切责任由我承担，与宋明辉同志无关。我们马上回医院。

宋明辉：钱师傅，都怪我没把工作做好，让你不放心。今后我要认真努力，绝不让你再操心了。

81. 钱海军家　日　内

钱海军坐在餐桌前发呆，面前放着半碗米饭。

陈东东端着一盘青菜放在餐桌上，说道：怎么了？快吃饭。

钱海军：坐在家里发呆，总感觉浑身不自在。

陈东东：你就是个忙碌的命。

钱海军：你这话还真说对了，我得早点上班。

陈东东：你能不能上班，要经过梁书记批准。

钱海军：干点力所能及的工作还是可以的。

82. 住宅小区院子　日　外

小学生列队站立，老师在前面讲话，钱海军、吴晓丽等志愿者站在旁边。

老师：下面请钱海军叔叔讲话。

钱海军走到学生面前说道：同学们，今天我们要走访三位独居老人。给他们过生日，让他们感受儿孙绕膝的天伦之乐，所以你们去了以后，要和老人说说话，唱唱生日歌，好不好？

同学们异口同声地说：好！

83. 万建华家　日　内

万建华坐在茶几前，茶几上放着一个蛋糕，上面已经插上了蜡烛，旁边围着一群孩子。万建华拉着一个小男孩的手，问这问那，孩子们唧唧嚷嚷，老师挥手示意肃静。

钱海军：现在该点蜡烛了。说完用打火机逐一点燃蜡烛。

有个女孩说：老爷爷，快闭上眼睛，许个愿。

万建华闭上眼睛，眼泪挤了出来。

孩子悄悄说道：老爷爷哭了。

老师挥手，学生们齐唱"祝你生日快乐"。

孩子们说：老爷爷，吹蜡烛了。

万建华睁开眼睛，鼓起腮帮吹蜡烛，半天也吹不灭。

老师对学生说：同学们，帮爷爷一起吹蜡烛吧。孩子们一窝蜂地趴在茶几上，把蜡烛吹灭了。

老师拿起塑料刀切蛋糕，然后说道：第一块蛋糕给谁吃？

孩子们齐声回答：老爷爷。

老师给了万建华一块蛋糕，万建华急忙说：给孩子们吃，我吃了不长胳膊，不长腿。

老师说道：老爷爷，孩子们都有，您先吃。

万建华吃了一口蛋糕，高兴地说：我没有子孙，今天却来了这么多孙子给我过生日，我太高兴了。

有个小男孩问：老爷爷，你刚才许的是什么愿？

万建华摇了摇头，没有说话。

小男孩笑着说：老爷爷，你是不是想要奥特曼？

万建华：不是，我想要个收音机。没人和我说话的时候，听听收音机也好。

老师听了很难受，侧身抹着眼泪。

光明的诗卷

84. 糕点店　日　外

街边小店，一辆小面包停在路边。

林全民穿着洗得发白的蓝色工作服，走下汽车，来到糕点店。

老板急忙迎上：林大哥，给你准备好了，每周六一斤枣泥糕点。

林全民笑着说：是呀，要是我不来，我会安排其他人来取，你提前准备好就行。

老板：郭大爷能遇上你们，真是上辈子修来的福分。

林全民哈哈一笑：不需要上辈子修福，我们志愿服务中心开展"关爱空巢老人'暖心行动'"，凡是需要帮助的老人，我们都安排结对帮扶。

老板：你们真是好人。

林全民：这都是我们钱海军师傅组织安排的。

老板：你们都是钱海军。

85. 郭大爷家　日　内

郭大爷坐在窗户前的椅子上。

郭大爷的侄子郭昆推门走进来，喊道：啥味道？说着跑进厨房。在厨房里大声喊道：伯，水都烧干了，你咋不管呢？

郭昆提着烧坏的水壶走到郭大爷跟前，说道：你看看，又烧坏了一把水壶。

郭大爷不理不睬，依然坐着。

林全民提着糕点走进门，郭大爷突然眼睛一亮，站起来伸手，林全民立即上前拉住郭大爷的手，郭大爷笑着说：老朋友来了。

郭昆：林大哥，你来了。

林全民：别说了，不就烧坏个水壶嘛。

郭昆：我伯不长记性，每天早上起来烧水，又不看着，烧坏了好几个水壶。

林全民：九十多岁的人了，自己能拿住自己，就是万幸了。

郭昆：没办法呀，没办法。

林全民：郭昆，你照顾大伯很辛苦，我能理解。要不咱们分个工，周末两天我负责，把你换一换。周内我要上班，你负责。你看咋样？

郭昆：好嘛，林大哥。遇上你真是烧高香。

86. 钱海军工作室　日　内

办公室墙上有一个大大的记录板，上面记录着"千家万灯"项目进度计划。吴晓丽拿着彩色笔正在登记。

钱海军大声说道：大家过来，开个会。

刘和煦、吴晓丽、宋明辉、林全民等几个人围坐在一张小会议桌前。

钱海军说道：今天和大家商量个事情，给万建华大爷过生日，他提了个心愿，大家猜猜是什么？

宋明辉：吃大餐？

林全民：肯定是个很微小的要求。

钱海军：是的，他希望有个收音机，说是没有人说话的时候，听听收音机。那天去的老师都哭了。

刘和煦：这么小的心愿，真是微不足道。

林全民：是微不足道，但老人高兴。我帮扶的郭大爷喜欢枣泥糕点，每个周六跑一趟，给郭大爷送一斤，他高兴得不得了。

钱海军：其实，老人都有个小小的心愿，一般不会轻易说出来。我有个新想法，能不能征集结对帮扶老人们的心愿，就是那种实现起来比较容易的，可以由结对人去帮助实现，也可以向全社会公布，让社会上的爱心人士来帮助实现老人们的心愿。这个活动就叫"微心愿"，怎么样？

林全民：支持。

宋明辉：坚决支持。

刘和煦：我同意，这个方案由吴晓丽来负责策划。

钱海军：好，给年轻人压担子，交给吴晓丽。

吴晓丽：坚决完成任务。

光明的诗卷

87. 南湖边 日 外

在钱海军志愿服务队队旗的引领下，一群穿着红马甲的人沿着湖边前行，刘和煦和钱海军走在队伍的最前列。

88. 南湖红船旁 日 外

钱海军和刘和煦带领志愿者来到红船旁边，大家列队站立，党旗和志愿者旗帜迎风飘扬。

刘和煦和钱海军站在前面。

刘和煦说道：同志们，今天，我们把支部党课选择在南湖，目的是学习红船精神，向党汇报我们的思想和工作。第一项，请钱海军同志总结"千户万灯"活动开展情况。

钱海军向前一步，说道：在公司党委的领导下，在全体志愿者的努力下，经过 16 个月奋战，"千户万灯"一二期工程全部完成。其中，参与的志愿者达 2100 余人次，走访 2000 余户，改造家庭照明线路 603 户，累计投入善款 92.32 万元，人工 20592 工时。我们以实际行动践行了"人民电业为人民"的企业宗旨，完成了公司党委交给我们的任务。

刘和煦：同志们，钱海军共产党员服务队和志愿服务中心，开展了"暖心行动""星星点灯""千户万灯"等一系列活动，取得了良好的社会效果。但是，我们绝不骄傲自满，我们要再接再厉，继续努力。现在，我们集体向党旗宣誓。

队伍列队完毕，刘和煦领誓，大家举起了拳头，集体宣誓：我志愿加入中国共产党……

89. 图书馆门前 日 外

市图书馆门前广场，一个巨大的背景板，上面印着"心电感应·温暖寒冬"千户万灯扶贫帮困微心愿认领公益活动。主办单位是：慈溪市钱海军志愿服务中心，慈溪市老龄办，慈溪市图书馆。

红色爱心墙上悬挂着110个微小纸袋。

广场上人山人海，梁为民、钱海军、刘和煦等站在前排。

主持人动情演讲。

主持人：这次"微心愿"活动是钱海军志愿服务中心"千户万灯"活动的延续。之所以叫"微心愿"，是因为老人们的心愿都不大，要求都不高，一个暖手袋、一个收音机就是他们想要的"奢侈品"。"赠人玫瑰，手有余香"，请伸出您有爱的双手，帮助老人们实现他们的心愿。谁想认领，就上台摘下微心愿包，然后登记、兑现，拍照留念。

现场一阵混乱，大家蜂拥而上，纷纷抢摘爱心树上的微心愿包。

90. 小汽车　日　内

陈东东驾着小汽车在大街上飞驰，汽车停在红灯前，她焦急万分地看着窗外。

91. 图书馆门前　日　外

爱心树前，陈东东艰难地揪下了三个微心愿包。她拿到登记处，看见钱海军忙着核对微心愿包上的内容。

陈东东拉了一下钱海军，钱海军抬头一看，吃惊地说：东东，你怎么来了？

陈东东：微信朋友圈、网络直播，到处都能看见，都说是钱海军组织的。看来大家都是冲着你来的，我也来凑个热闹，支持一下你的工作，怎么样？

钱海军：谢谢，谢谢你的理解和支持。

陈东东：快给我登记。

钱海军的手机响了，他按下接听键，听筒里传来了阿蓉的声音：现场好热闹呀，我在外地，没法赶过来，很是遗憾，只能委托你了，给我多领几个微心愿包。

钱海军回头看了看，说道：没了，110个微心愿包一抢而空。

92. 职工食堂　日　内

食堂饭厅，简易桌椅前坐满了就餐的职工。

刘和煦、吴晓丽、林全民坐在一起吃饭。

宋明辉端着盘子东张西望。

刘和煦看见宋明辉，急忙喊道：在这儿。

宋明辉和钱海军端着盘子走了过来，林全民旁边只有一个空位，宋明辉说道：钱师傅，您坐这儿。然后自己端着盘子准备坐旁边的餐桌。

林全民急忙说道：来，来，我让位，把位子让给即将出征的英雄。

宋明辉毫不客气地坐下：谢谢师兄，你坐那边吧。

刘和煦：小宋，作为援藏干部，有何感想？

宋明辉：谢谢各位领导的信任和支持。

刘和煦：主要是钱师傅的功劳。

钱海军：梁书记划定了范围，必须在志愿服务中心推荐。

刘和煦：按照条件，非你莫属。

宋明辉：我想，领导的意思无非是，把咱服务队的做法和作风带到西藏吧。

钱海军：理解正确，那你可不要辜负领导的期望。

宋明辉：是，我更不能辜负钱师傅的培养。

刘和煦：啥时候走？

宋明辉：原计划国庆长假后出发，我等不及了，准备这两天就走，利用国庆长假适应一下西藏环境。

吴晓丽：多拍些照片发群里，风光美景、人文风情，一个都不能少。

宋明辉：没问题。

林全民隔着桌子说：要不要给宋明辉举行个欢送仪式？慈孝广场西侧新开了一家西部风情餐厅，为西行英雄饯行如何？

吴晓丽高兴地说：太好了，提前适应西部口味，有利于扎根边疆。

刘和煦：去外面吃饭不好吧，要注意影响。

林全民：自己掏腰包，有啥影响？

钱海军：我晚上去不了，两位老人打电话，一个在南，一个在北，路上就得一个多小时。

吴晓丽一愣，说道：不如现在，你们并桌子，我去小卖铺买几瓶饮料，在这儿给英雄饯行。

刘和煦：这个主意好。

钱海军：以茶代酒，英雄出征。

宋明辉高兴地说：谢谢各位师傅。

93. 梁为民办公室　日　内

钱海军坐在梁书记办公桌对面，钱海军汇报，梁书记做记录。

钱海军：慈善协会建议我们到民政部门注册登记，主要涉及资金管理。他们说，如果注册成社团法人，今后可以接受慈善协会的拨款，也可以申请中央财政资助。

梁书记：好，市委领导希望我们把志愿服务中心的项目向全市推广，还希望带到跨省帮扶的地方。但是我有些顾虑，一是我们跨区服务没有制度障碍，二是大量资金需求如何解决？如果注册成社团法人，不就有法律保障了嘛，这是好事，求之不得。不知民政部门是啥意见？

钱海军：我去民政部门咨询了，政策无障碍。因为我是在职职工，作为服务中心理事长，必须有单位证明函件。

梁书记：这都好办。我们是央企，要承担相应的社会责任。

钱海军：按照民政部门的要求，接受任何一笔款项，都必须记录在案，接受审计。

梁书记：国家电网公司执行的"三重一大"决策制度非常好，中心可以借鉴参考。不论是改造项目，还是小额捐助，都应该履行决策程序，决不能一个人说了算。

钱海军：知道了。服务中心接受供电公司和民政部门双重领导，接受公司和地方双重审计，你看怎么样？

梁书记：我原则同意，这个要上党委会研究。你准备一下资料，交给小赵。

钱海军：好。

光明的诗卷

94. 宁波市民政局　日　外

宁波市民政局大门旁挂着醒目的标牌。

钱海军提着包走进了民政局。

95. 钱海军工作室　日　内

大家围在吴晓丽的工位前，在电脑上看着宋明辉发回的西藏照片。

大家七嘴八舌"雪域美景""人间天堂""小宋脸晒黑了""高原紫外线谁受得了""我觉得小宋更帅了"。

钱海军抱着两块牌子走进办公室，他大声说道：同志们，看看这是什么？

刘和煦急忙迎上，接过牌子，仔细看着，大声说道：营业执照，太好了。

大家围拢过来，林全民接过营业执照，竖在书桌上，吴晓丽赶紧拍照。

刘和煦：同志们，这是志愿服务中心具有里程碑意义的大事，咱们请钱海军理事长讲话。

钱海军指着营业执照道：这是民政局给我们颁发的社团法人营业执照。从今以后，我们志愿服务中心的一切活动就有了法律保障，当然，我们也要依法开展工作。

钱海军停顿了一下说：刚才回来的路上，我感慨万千，从义务电工开始，到公司志愿服务班、服务队，现在是志愿服务中心。我最大的体会是一个人的能力是有限的，要成就事业，必须依靠集体的智慧和力量。给大家通报个情况，公司党委研究决定，志愿服务中心接受供电公司和民政局双重领导，接受公司和地方政府双重审计，我作为理事长今后要担负法律责任了。但我相信，有各级领导的大力支持，有同志们的共同努力，我们志愿服务中心一定能走上规范化、社会化的康庄大道。

大家一阵热烈掌声。

刘和煦：同志们，钱海军志愿服务中心是国家电网第一家在民政部门完成注册的社会公益组织，我们是第一个吃螃蟹的，我们既要勇于创新，也要恪守正道，大家要齐心协力，让钱海军志愿服务中心扬帆远航。

大家一阵热烈掌声。

刘和煦：小吴，编个消息，把营业执照发到公众号上。

吴晓丽高兴地说：好，我还要把刚才的视频剪辑上传。

96. 社区换届选举会场　日　外

社区换届选举会场，前方横幅，两边标语，居民坐满了会场。

董亚利穿着显得成熟了许多。她忙前忙后，招呼同志们就座。

一位大婶把董亚利拉进屋子。

97. 社区办公室　日　内

刚走进办公室，大婶急忙把门关上，对董亚利悄悄说道：董主任，给你汇报个新情况，今天投票的许多人都在问能不能投钱海军。

董亚利：你怎么回答的？

大婶：我说投票是个人的权利，想投谁就投谁，但是钱海军不是候选人，要投就要另写姓名，另画钩。

董亚利：回答正确。说着就要往外走。

大婶急忙拉住董亚利：要不要制止叫停？

董亚利：不行，只要没有发现违法行为，就要按程序继续进行。

大婶：要为自己考虑，万一落选了怎么办？

董亚利：选举就是接受居民的挑选，只要能选出主任，我落选也无妨。

98. 社区换届选举会场　日　外

选举正在进行。大家拿着选票排队投票。

谢文豪让儿子胖胖坐在小椅子上，自己拿着选票走到投票箱前，他把手里的选票举起来摇晃了一下，投进了票箱。

谢文豪回到座位上，和旁边的老大爷说说笑笑。

计票开始了，一个人唱票，一个人在黑板上画"正"字，旁边站着监票员。

唱票人：董亚利，董亚利，钱海军，董亚利。

光明的诗卷

241

谢文豪前排的一个人说道：钱海军不是候选人呀？

谢文豪立即站起来说道：我就投了钱海军一票，钱海军无私奉献，对待老年人亲如一家，他当社区居委会主任当之无愧。

周围人都把目光转向谢文豪，一个戴红袖章的年轻人说道：大爷，肃静，计票期间切勿喧哗，请您坐下。

谢文豪点了点头，坐了下来。谢文豪自言自语地说：我就要选钱海军。

监票人宣读选举结果：现在我宣布选举结果，董亚利得票 1892 票，钱海军得票 166 票，董亚利当选。请董亚利表态发言。

董亚利站起来：各位居民朋友，感谢大家的信任，我一定不辜负大家的期望。在此我要重申一下，钱海军同志不在候选人之列，却获得了 166 票，足以说明大家对钱海军的认可。钱海军负责咱们台区供电服务，连续多年满意度测评都是 100%，义工满意度测评也是 100%。我要以钱海军为榜样，在今后的工作中，认真负责，勤勤恳恳，服务社区居民。我也是钱海军志愿服务中心的一员，大家有困难，就找我，我也上门义务服务。

大家也鼓起掌来。

99. 钱海军家　夜　内

钱海军躺在客厅沙发上，刷手机。

陈东东走过来说道：怎么和孩子一样，喜欢刷手机了？

钱海军说道：我准备去西藏。

陈东东：按你这身体，咋能去西藏呢？

钱海军立即起身，把手机递给陈东东：看看西藏发来的照片。

陈东东看着钱海军手机，吃惊地说：宋明辉在西藏？

钱海军：援藏干部，工作有声有色。

陈东东：你一定要去，我也要去，做你的后勤部长。

钱海军：你就别去了，多去一个人，多增添一份负担。我带好药，自己照顾好自己，放心吧。

陈东东：我就是放心不下。

100. 西藏村庄　日　外

天空碧蓝，白云如雪。山坡上零星散落着各式各样的房子。

宋明辉领着钱海军一行来到村子。

钱海军：这是你援藏帮扶的村子？

宋明辉：是的，这里的房子有木结构，也有石头垒成的。

一群藏族同胞迎了上来。乡干部大声说道：宁波钱海军理事长给咱们带来了太阳能移动电源和多功能自发电灯，大家领到以后先不要乱动，请红马甲教大家使用。

藏族同胞接过太阳能移动电源和多功能自发电灯，新奇不已，翻来覆去地看，但不知怎么打开。

一个中年男子问道：这是什么灯？

宋明辉：多功能自发电灯。

男子笑着说：记不住。

村干部：干脆叫宁波灯吧。

几个藏族同胞笑着说：宁波灯。

钱海军上前拿起一个多功能自发电灯，给大家讲解示范，灯亮了，藏族同胞高兴地笑了，他们激动地说着"扎西德勒"。宋明辉急忙用手机拍摄。

钱海军：小宋，咱们去藏族同胞家里走走。

宋明辉：把乡干部叫上一起去。

走进一户人家，屋里一下子变得昏暗。在微弱的光线下，一个小孩子在写字。

宋明辉对钱海军说：奶香味很浓，牛粪味也很浓。牛粪和泥巴抹墙，既隔热，又保暖，是绿色环保墙体材料。

钱海军走到写字的孩子跟前问道：小朋友，叫什么名字？

小孩子羞涩地说：多吉。

钱海军拿起作业本看了看说：字写得很好，好好学习。见过大海吗？

乡政府干部帮忙解释，多吉直摇头。

钱海军说：想不想去浙江看大海？

多吉听了乡政府干部帮忙解释，高兴地点头笑了。

钱海军：我来帮助你圆这个梦。

宋明辉指着屋里的电线说：钱师傅，这里用的是太阳能板发电，风头大，光线强烈，线路老化快。

钱海军：那就抓紧改造，再把漏电保护器装上。你先把这家做成样板工程，大家参观以后，保证都愿意改造。

钱海军：很好，这是咱们志愿服务中心的经验。

宋明辉：我把咱们志愿服务中心的工作模式和作风带到了西藏。

村干部：钱理事长，宋明辉工作认真，牧民都喜欢他。

钱海军高兴地点头说道：好，给宋明辉点赞。

101. 高原草地　日　外

牛羊遍地，格桑花盛开，一位骑着马的藏族青年对着镜头挥手。

宋明辉领着钱海军和身穿红马甲的志愿者，带着太阳能移动电源和多功能自发电灯来到草地。

村干部说：骑马的年轻人叫才旺。

宋明辉：钱师傅，这里是日喀则最美的牧场，水草丰美，牛羊遍地。牧场距离村子五十多公里。每年 3 月，天气转暖，牧民们赶着牛羊来到这里。11 月份天气冷了，再把牛羊赶回村子。村里的成年男子轮流放牧，每月轮换一次。

村干部：那边的石头屋是营地，是牧民晚上居住的地方。

宋明辉：我们过去看看。

102. 石头屋外　日　外

钱海军和宋明辉来到石屋前，才旺跟在旁边。

村干部说：才旺，钱理事长给你送宁波灯来了。

才旺：没有电。

宋明辉对才旺说：把你手机打开。

才旺摇摇手说：没电了。

宋明辉对钱海军说：钱师傅，石头屋里白天光线还可以，晚上就要摸黑了。没有电源，没有照明。他们晚上住在这里，唯一能做的事就是听呼啸的风声。这几年牧民收入大大提高，年轻牧民都买了手机，但是却不敢开机，更不敢看网页、玩游戏，手机仅存的电量是用来给家里报平安的，要不然和家里就失联了。电在这里是他们的生命线。

钱海军：咱这个太阳能移动电源和多功能自发电灯是最佳解决方案。

宋明辉：才旺，把手机拿来。

宋明辉接着才旺的手机，与太阳能移动电源连接，放在石屋前空地上。

宋明辉：立马充电，等会就可以开机了。

才旺吃惊地说：这可能吗？

宋明辉转身对钱海军说：钱师傅，咱们进石屋看看。

103. 石屋　日　内

石屋里一边是地铺，一边是简单灶具。

宋明辉提着多功能自发电灯走进石屋，钱海军、才旺、村干部都进来了。

宋明辉蹲在地上，打开多功能自发电灯的手柄，一边摇，一边说：才旺，晚上把这个手柄摇几下，按下这个按钮，灯就亮了。来试一试。

村干部：这就是宁波灯。

才旺走到宋明辉跟前，抖抖颤颤地摇起手柄，又按下按钮，多功能自发电灯喷出了一束强光。

才旺笑着说：灯亮了。

宋明辉：晚上更亮。

104. 石头屋外　日　外

宋明辉和钱海军走出石屋。才旺走过去拿起手机。

宋明辉：才旺，把手机打开，给你阿爸打电话。

才旺疑惑不解，试探性地开机，拨打电话。

手机里传来了阿爸急促的声音：才旺，咋的，出啥事了？

才旺激动地说：阿爸，没事，一切都好。这里有电了，手机可以随便用了。

阿爸：石头屋哪来的电？

才旺：宁波来的钱师傅送的。

阿爸：哦，知道了，咱家里也有了，电路全换成新的了。

才旺：阿爸，晚上我再和你说话。

才旺挂上电话，高兴得合不拢嘴，笑嘻嘻地说：现在好了，我可以随便打电话，随便玩手机。

宋明辉：钱师傅，"千户万灯"活动走进雪域高原，让藏族同胞感受到了电力的光明和温暖。

钱海军：好，只要藏族同胞满意，我就高兴。

才旺急忙说道：扎西德勒。

105. 中巴车　日　内

车窗外冰天雪地，白茫茫的一片。

中巴车内却是一派暖融融的景象，大家相谈甚欢。

钱海军：各位，我们此行要把"千户万灯"和"星星点灯"两大公益活动带到黑土地，这不仅是政府安排的帮扶任务，也是一次感恩之旅。

林全民问：感恩从何说起？

钱海军：东北为中华人民共和国工业发展做出过巨大贡献。如今，我们应该感恩东北，支援东北，共同振兴东北。

吴晓丽：钱理事长，格局大，站位高。我在"星星点灯"大课堂上，一定把你的意思传达到位。

钱海军："千户万灯"在浙江，主要是室内电路改造。在西藏就不一样了，室内电路改造只有 165 户，但解决牧区的移动电源和发电灯收到了很好的效果。东北这片黑土地也有其独特性，因地制宜才是关键。

林全民：我们一定做好调查研究，有的放矢。

106. 东北农村小学　日　外

东北农村小学。铃声响了，学生纷纷跑出教室。

吴晓丽和老师一起走出教室，边走边说。

老师：你的"星星点灯"大课堂内容丰富，让孩子们增长了安全用电常识，也让孩子懂得了感恩的道理。

吴晓丽：同学们有什么反馈意见，请及时给我反馈。

老师：我感觉非常好。

吴晓丽：我还想了解一下同学们在学习生活中有什么困难，我们志愿服务中心可以有针对性地帮助解决。

老师想了想，突然向一个学生招手，一个小女生走了过来。

老师：宁静，老师问你个问题，你在学习和生活中有啥困难？或者说你需要什么？

宁静想了想说道：小炕桌，回家做作业没有地方。

吴晓丽：小炕桌？

老师：东北天寒地冻，回家都坐火炕。炕桌就是放在火炕上的矮桌子，四条腿很短，大概30厘米。一家人围着炕桌吃饭，孩子趴在炕桌上写作业。

吴晓丽：明白了。

107. 钱海军工作室　日　内

大家围坐在会议桌前，钱海军坐在中间。

钱海军：这次调研活动认真仔细，找到了根本，抓住了关键。除了"千户万灯"和"星星点灯"两大活动按计划推进以外，增添两个项目，一是为孩子配备小炕桌和小台灯，二是为老人解决厕所照明。林全民，请你抓紧编制方案，纳入明年预算。

林全民：我已经开始了。

刘和煦：钱理事长，临近春节，走访社区慰问工作量很大，大家都要参加。

钱海军：我补充一点。注意合理安排，按照就近原则，就近慰问。不要南边志愿者跑到北边，北边志愿者却跑到南边。

刘和煦：明白了。

光明的诗卷

108. 钱海军家　夜　内

陈东东坐在沙发上看电视，看着看着睡着了。

钱海军开门进屋，换鞋洗手。他走到客厅，看见陈东东睡着了，便轻轻走过来，抱起陈东东。陈东东突然醒了。

陈东东：几点了？

钱海军：11点了。

陈东东：怎么才回来？

钱海军：春节前慰问，挨家挨户跑，去了就得坐下来说会话，一说话时间就控制不了。

陈东东：快洗洗睡觉。

钱海军：和你商量个事，明天能和我一起去慰问吗？

陈东东：可以，那我明天早上去买慰问品。

钱海军：不用了，慰问品已经准备好了，你跟着去就行。

陈东东：我不去，免得人说我蹭热度。

钱海军：没人说你。

陈东东：以前都是咱自己掏钱买，我帮你提东西。你现在是理事长，有钱，有人，我干啥去呀？

钱海军：几个老人经常念叨你。

陈东东：哦，那我去。

109. 住宅小区　日　外

钱海军和陈东东走在前面，几个志愿者提着慰问品跟在后面。

110. 万建华家　夜　内

万建华手里拿着收音机，坐在钱海军和陈东东中间，两边说话。

陈东东：万大爷，收音机好用吗？

万建华：好得很，爱不释手。

陈东东：那就好。

万建华转身对陈东东说：给你们添麻烦了，你和孩子都好吧？

陈东东：好着呢，上学去了，要不也没时间来看你。

万建华：积善之家必有余庆，你们是慈善家庭，祝愿你们幸福美满。

陈东东：谢谢大爷吉言。

钱海军：万大爷，你的微心愿实现了，还有新的心愿吗？

万建华迟疑了一下，张开的嘴巴又合上了。

钱海军：你就说吧，不要有啥顾虑，只要我们有能力，就一定帮你实现。

万建华：那我说了。

钱海军：说吧，万大爷。

万建华：每天看电视，当我看到天安门广场升国旗的时候，眼睛就湿润了。抗美援朝的时候，我的同乡战友沈焕山临死对我说，让我代表他到天安门广场向国旗敬礼。这么多年了，我一直有这个心愿，可年龄越来越大，看来是没希望了。我就想，只要我能去天安门广场，向国旗和人民英雄纪念碑敬个礼、鞠个躬，我就是死了，也毫无怨言。万大爷抹着眼泪说：这是我今生最后一个心愿。

钱海军拉住万建华的手：万大爷，这是烈士的遗愿，也是你的心愿，我一定帮你实现，就是背，也要把你背到天安门广场。

111. 钱海军工作室　日　内

大家陆续走到会议桌前，钱海军已经坐定。

几个人和钱海军打招呼：过年好。

林全民笑着说：钱理事长工作抓得紧，新年上班第一天就要安排工作了。

钱海军笑着说：只争朝夕嘛。

大家围坐在会议桌前，钱海军神情严肃地说道：我先强调三项大的工作，东北和大凉山项目已经通过预算委员会审批。这是跨省援助项目，省市领导高度重视，项目要抓紧推进。西藏孩子来浙江看海的时间安排在暑假，但活动方案要提前策划。

刘和煦：这些我来跟踪督办。

钱海军：还有一件事，年前走访慰问的时候，万建华大爷提出个心愿。

他想在有生之年去天安门广场，向国旗和人民英雄纪念碑敬礼，这也是一位烈士的遗愿。我反复琢磨，这事说小也小，说大也大，我们要认真对待。

吴晓丽：这还不简单，带上万大爷去不就得了。

钱海军：不仅仅是万大爷，或许还有老人没去过北京。我想借此机会，把向往去北京的老人都带上，让老人家亲身体会获得感和幸福感。

刘和煦：哟，钱理事长，如果提升到这样的高度，那我们可要好好策划了。

钱海军：我考虑，活动就叫"梦圆北京"。在咱们结对帮扶的老人中调查摸底，只要身体允许，原则上都可以参加。大家看怎么样？

刘和煦：很好。让吴晓丽来负责吧。

钱海军：可以。

吴晓丽：我先编制方案，请大家帮助完善。

112. 东北农村街道　日　外

钱海军、林全民一行走在乡村街道上。

113. 东北农家　日　内

钱海军走进农家，火炕上围坐了一老一少。老大爷坐着想事，小女孩趴在小炕桌上认真写字。

林全民说：这个小炕桌和小台灯都是咱们配发的。

钱海军上前摸了一下，说道：老大爷，炕桌好用吗？

大爷说道：太好了，孩子学习，家里人吃饭，一桌两用。

钱海军：能看看你家的厕所吗？

大爷笑着说：这个玩意更好，我带你去看。说着就跳下炕。

114. 东北农家院子　日　外

老大爷拄着拐杖走在前面，钱海军一行跟在后面。

他们来到一个旱厕前，村干部指着太阳能板，对钱海军说：这是太阳能板。

林全民急忙说：这是自动感应灯，人在感应范围内移动时，感应灯保持开启状态。人离开，灯就灭了。

钱海军：电池续航怎么样？晚上有保证吗？

林全民：白天充电，晚上足够使用。

老大爷高兴地说：这个玩意好。不怕你们笑，以前晚上黑灯瞎火的，上个厕所胆战心惊，我腿脚不方便，也害怕孩子掉进茅坑。

村干部：我们祖祖辈辈没办成的事儿，让你解决了。

钱海军：那这算不算厕所革命？

村干部：当然算了。

老大爷：小灯泡解决了大问题。

115. 高铁　日　内

钱海军和几个老人坐在一起，他们目不转睛地看着车窗外。

一位老人说：第一次坐高铁，心里特别激动。看看窗外的立交桥、高架桥，实在太雄伟了，让我们大开了眼界。

另一位老人说：我看啥都感到新奇。

万建华有点闷闷不乐。

钱海军问道：万大爷，想什么呢？

万建华抬起头说道：坐上高铁，我就想起了当年抗美援朝坐的车，想起了我的战友沈焕山。

万建华停顿了一下，突然唱了起来：雄赳赳，气昂昂，跨过鸭绿江。

几位老人一起唱了起来，车厢里的其他乘客似乎被老人所感染，也不约而同地唱了起来。

钱海军急忙站起来，打起拍子。歌声在车厢里回荡。

116. 天安门广场　日　外

天色破晓，广场国旗栏杆外围满了密密麻麻的人。

在雄壮的国歌中，五星红旗冉冉升起。

钱海军带着一行人站在远处观望，万建华噙着热泪，高举右手，向国旗敬礼。

117. 天安门广场人民英雄纪念碑　日　外

在钱海军的搀扶下，万建华面对人民英雄纪念碑默默站立。

万建华泪眼模糊，他慢慢地弯下腰，深深地三鞠躬。

吴晓丽站在旁边抓紧照相拍摄。

钱海军：大家一起合个影吧。

吴晓丽找来一位小伙子当摄影师，钱海军召集大家站在一起，齐声喊道：圆梦北京。

118. 大凉山火把节　夜　外

山区一处小平地上架起了木材堆，身穿节日盛装的彝族人民站满广场，镇长正在讲话。

镇长：今天是彝族火把节，我们迎来了尊贵的客人。钱理事长不远千里，把"千户万灯"项目带到大凉山，为我们点亮明灯，送来温暖，完成困难残疾人家庭的照明线路改造。现在请钱理事长点燃火堆。

钱海军拿起火把，走进广场，将火把投进了木材堆。顿时，火光冲天。周围人群一阵欢呼，身穿节日盛装的彝族人围着火堆载歌载舞，纵情欢呼。

119. 山区人家　日　内

村委会主任、镇长陪着钱海军走进一户人家，坐在木墩上的女主人指着室内线管和灯泡说：全是新的。

钱海军按下墙上的开关，灯亮了，两个小孩突然跑进来，仰头看着灯泡，高兴地蹦蹦跳跳。

女主人拄着拐杖站了起来，说道：屋里灯泡亮堂，娃娃很高兴。

村委会主任：钱理事长，你们装的灯比火把还要明亮。

钱海军笑着说：好，那就好。

120. 林区人家　日　外

　　镇长、村委会主任陪着钱海军走进一户人家院子，一位老太太坐在屋檐下，大声问：谁来了？

　　村委会主任：阿山婆，浙江宁波来的钱理事长，给你点灯接电来了。

　　阿山婆：我看不见，不要点灯。

　　村委会主任对钱海军说：她的眼睛几乎失明，点灯对她来说没有用，室内电路没必要改造。在院子装了个太阳能灯倒可以给路人照亮。

　　钱海军走到老婆婆跟前说：阿婆，家里平时来人吗？

　　阿山婆：两个女儿来了就住几天。

　　钱海军：邻居不来串门吗？

　　阿山婆：白天有人来说说话，天黑了就没人来了。

　　钱海军：为啥没人来，就是因为你家没有灯。

　　阿山婆：说得也是。

　　钱海军：阿婆，给你家装上节能灯，不要钱。灯亮了，就有人愿意来了。

　　阿山婆：那好，给我把灯点亮吧。我眼睛没有全瞎，还能看个影子。

　　钱海军转身对穿红马甲的志愿者说：你们尽快安排，装个 LED 灯，亮度高。

　　镇长：钱理事长，你对老阿婆这么关心，我们自愧不如。明天，我们在镇政府举行隆重仪式，专门为你们赠送锦旗。

　　钱海军：不用麻烦了。

　　镇长：钱理事长，说真心话，你们装的这些电灯，像大凉山的火把，不仅仅是给大凉山带来光明，那是给我们带来了希望。请你务必接受我们大凉山人民最诚挚的敬意。

　　钱海军：谢谢你这么高的评价，我都不好意思了。可我今天必须走，宁波那边有事。

　　镇长：锦旗都做好了，那小子就去给你们授旗。

　　镇长一挥手，领着钱海军，后面跟着一群人走出了院子。

121. 海边 日 内

刘和煦、吴晓丽领着藏族学生来到海边。

吴晓丽大声说道：看到大海了吗？

多吉和几个藏族学生大声说：看见了。说着跳了起来。

刘和煦说：欢迎藏娃看海，浙江就是你们第二家乡。

多吉和几个藏族学生大声说：藏娃寻海，浙里有家。说着便跳了欢快的锅庄舞。

122. 王云霞住宅 日 内

王云霞拨通了电话，说道：服务中心吗？能不能帮我把家里清扫一下？

听筒声音：请说明详细地址，我们马上到。

王云霞：这不是钱海军的口头禅吗？

听筒声音：我们都是钱海军。

123. 王云霞家 日 内

钱海军背着工具包，和一个小伙子一起走进王云霞家。王云霞拉住钱海军的手站在门口说起话来。

钱海军：王大妈，还是我来给你打扫卫生。

王云霞：我怕给你添麻烦，就没给你打电话。听说你到北京领大奖了，是"时代楷模"？

钱海军：是的，我做得还不够好，受之有愧呀。

王云霞厉声说道：哎，你是当之无愧。你年龄也大了，已经不是小钱了。以后就别再干活了，让年轻娃娃去跑吧。

钱海军：王大妈，我就是个电工，这是我的老本行。不论小钱，还是老钱，只要我能动，我会一直干下去的。

小伙子走进客厅，看到了钱海军的照片，说道：钱师傅，这儿有你的照片。

钱海军：什么照片？

王云霞：海军，走，去看看，是阿蓉专门做的。

王云霞拉着钱海军走进客厅，只见墙面上挂着一个精美的相框，照片上的钱海军穿着红马甲背着工具包，旁边有一行小字"万家灯火的点灯人"。

钱海军：王妈妈，阿蓉做这干吗呀？

王云霞：阿蓉把你当作英雄，要向你学习。本来阿蓉想留下来陪我，可是单位三天两头打电话，又走了。

钱海军：这次去哪里？

王云霞：更远，去南美洲了。

钱海军：去南美了？那她还在平台上参与讨论留言。

王云霞：阿蓉说，她是你们志愿服务中心的一员。

钱海军恍然大悟：哦，对，对，阿蓉也是志愿者。

124. 城市公交车站　日　外

公交车站雨棚下，陈东东和一群人站着等候公共汽车。

突然，狂风肆虐，大雨倾盆。

旁边有人说道：该死的台风又来了。

另一个说道：没办法，谁让咱住海边。

陈东东自言自语地说：让我赶快回去拦住这个疯子。

125. 钱海军家　日　内

钱海军套上红马甲，蹲在门口急急忙忙地穿鞋。

陈东东突然开门回家，她手里拿着雨伞，哆哆嗦嗦地问道：怎么？要出门？你疯了？

钱海军蹲在地上说：应急抢修。

陈东东：外面狂风暴雨，大家都往家里跑，你却要出发。

钱海军：应急抢险更需要电力保障。

陈东东：海军，你现在这年龄，还能往前冲吗？

钱海军：别说了，大家都去了，我不能拖后腿。你在家好好待着，我们马上就要出发。

钱海军站起身，抓起雨衣，急匆匆地走出了家门。

陈东东急忙换上拖鞋，走到窗户前。

窗外狂风暴雨，陈东东看着楼下，只见钱海军披着雨衣，消失在茫茫水雾之中。

陈东东望着窗外满天水幕，泪眼婆娑。

主题歌《万家灯火》唱起

风雨交加你却逆行出发
抢险保电让我揪心牵挂
满天水幕像变幻的图画
霎时打开了记忆的水闸

维修接线光明进万家
义务电工忙得连滚爬
爱心援藏跨过唐古拉
帮困扶贫一个不落下

点灯人，用初心点亮万家
红马甲，把真情传遍天涯
为美好生活充电吉祥播撒
为美丽中国赋能振兴中华

点灯人，用初心点亮万家
红马甲，把真情传遍天涯
大爱无疆托举期盼的面颊
手拉手一起迎接灿烂朝霞

126. 大型报告厅　日　内

报告厅座无虚席，钱海军站在讲台前，深情演讲：我是一名电工，一名为人民服务的义务电工。国网系统还有许许多多和我一样的义务电工。

127. 滚动字幕

钱海军所获荣誉。

【剧终】

（本剧部分内容取材于陈富强、潘玉毅长篇报告文学《点灯人》）

光明的诗卷

大毛尖顶的光

余　涛

（根据原载《脊梁》2023 年第 2 期的同名中篇小说改编）

上黄观测站　　黄昏　内

杨立铭正在办公室里写信，杨立铭桌上的名牌醒目。

信件旁白：尊敬的安德鲁先生，原谅我不辞而别，作为一名海外学子，报效祖国是我一直以来的愿望，感谢您对我的谆谆教诲，如今我已是中国科学院大气物理研究所的一员……

1. 上黄观测站外空地　　黄昏　外

夜色将至，一抹晚霞映照着上黄观测站，杨立铭站在观测站外的空地上，春生走到杨立铭的身边。

春生：杨博士。

杨立铭微笑点头，说道：春生，马上就开始了。

两人看着前方，突然眼前出现两束漂亮的激光，看着眼前的测试成果，两人都感触良多。

信件旁白：您曾说科研像孤身一人走在漫漫长夜中，我却从未感到寂寞。

出片名：《大毛尖顶的光》

2. 山路边　日　外

车内，春生正在看着《三体》小说，发出感叹。

春生：丁仪，真酷！

春生兴奋地想分享给师父，转头却看到武联把眼镜架在鼻头上，正在"学习强国"上学习。突然车子转弯，春生感觉胃里一阵翻腾。刹车声。

一辆小黄车停在路边上，武联站在小黄车车头，拿着望远镜看着远处的铁塔。车头上铺着一张图纸，放着一个老式的军用水壶，和一支笔。而春生蹲在一旁草丛，弓着背，一抽一抽的，早餐都吐了出来。不一会，武联放下望远镜，用笔在图纸上画了画，看了一眼蹲在地上的春生。

武联：小子，走了！

随即上了小黄车。

春生喘了口气，嘟囔着：还走呢。

3. 山路上　日　外

武联拿起柴刀，左右挥舞着开路。春生背着定位仪器跟着师父走着。

春生：师父，大老远跑这深山里干什么？

武联边说边用手指着：中国科学院要在大毛山顶建大气观测站。

春生眼睛一亮：中国科学院……

武联继续往前：上面说这里以后是全国最先进的边界层顶观测站，电力先行，一刻都不能耽误。

这时不远处铁塔上飞来了一群鸟，武联拿起望远镜仔细观察了起来。春生也走到武联旁边。

春生：师父，你看什么呢？

武联把望远镜递给春生，指了指远处的铁塔。

武联：我看看有没有鸟在线路上筑巢。

春生拿着望远镜看了一下，若有所思。

光明的诗卷

259

4. 办公室　夜　内

春生对着一张自己设计的图纸，图纸上写着：护鸟器。

春生在桌上倒腾着一个小电风扇，额头流下细细的汗，但眼神明亮。

春生看着眼前的护鸟器，护鸟器上装着镜片，镜片反射阳光，旋转起来，明晃晃的。春生兴奋地看着护鸟器，欣慰地笑。

5. 供电所停车场　日　外

画面字幕：2020 年 11 月　上黄观测站工程建设中

供电所小黄车停在停车场上，几个国网基层工作者正在准备着出工事宜。

武联和春生对峙，一个护鸟器被砸在了地上。

武联：现在上黄观测站的铁塔建设到了最关键的时候，你还有心思折腾这玩意！

春生：师父，你试试吧，它既可以保护鸟类，又能避免线路……

后边的同事已经背好工具包，拿上工具上车，催促。

同事：老武，快点，要出发了！

武联回应：来了！

武联：别说了，抓紧，今天工作非常重要，再这样你还是别去了。

春生嘀咕：不去就不去。

春生离去，武联叹了口气，捡起护鸟器，走向小黄车，这时同事站在车门口等待。

同事：你的徒弟怎么愣头愣脑的？

武联：你一生下来就会啊？

武联呛了一句同事后，就上了车，同事无趣地跟上，车子离去。

6. 办公室　日　内

过了几日，春生看着武联他们出工，想要跟着去，武联却叫上了旁边的同事。

武联：小李，这次你跟我去。

武联看了春生一眼，头也不回地走了。春生落寞地写着离岗申请，他写了很多理由，晕车、贫血、恐高、肠胃不适、睡眠不良、无法胜任工作等等。这时小胖拿着通知函冲了过来。

小胖：春生！让你去开会！

春生：开会？

小胖：公司成立"1.5摄氏度碳电实验室"的会。

春生：让我去？？

春生愣住有些不可思议。

7. 会议室　日　内

杨立铭对着PPT介绍1.5摄氏度碳电实验室，春生、小胖和几个年轻人坐着听着。

时间：2022年6月　上黄观测站1.5摄氏度碳电实验室成立

杨立铭：你们都是技术骨干，现在是实验室的一员了，目前实验室要建设1个平台，6大研究方向，重在加强电力领域和气象领域数据融合、交叉研究，现在我们确定课题研究。

春生看着眼前的杨博士，眼神充满希冀，跃跃欲试！

8. 办公室　日　内

春生的办公桌上堆满了科研书籍和资料，春生时不时地翻看资料，他不断地在图纸上写写画画，一脸烦恼，不知如何下手，春生把想法手稿一撕。

春生：啊，太难了。

春生离开。

9. 菜地　日　外

春生从远处走来，经过武联的菜地，他看到菜地的中间正摆放着一个护鸟器，疑惑中，他听到了武联的叫唤声。

261

武联：春生！

春生：师父！

春生跑到田埂，惊讶地看着武联。

春生：师父，你居然瞒着我。

武联：我后来试了试，是个不错的发明，如果应用在铁塔上，既可以保护鸟类，也能避免线路因鸟类筑巢而受到损伤，值得推广。

春生挠了挠头，有点不好意思。

春生：师父，哪有你说的这么好……

武联：你现在在 1.5 摄氏度碳电实验室，挺好的。

春生：师父……

武联憨笑起来：跟着杨博士好好干，他可是这个！

武联说着竖起了大拇指，武联远远望着上黄观测站，陷入回忆。

10. 上黄观测站　日　外（上黄观测站建设前）

武联巡线回来，看到杨立铭带着一队中国科学院研究人员，带着仪器设备走在山路上。

杨立铭：老师傅，大毛尖山顶的路怎么走。

武联疑惑：你们要去山顶干啥，这里去山顶可不好走，得爬至少一天。

杨立铭：我们要为咱中国最先进的大气观测站进行选址，所以再不好走，也必须得走。

武联：行，那我带你们上去。

说着武联就带着他们开始爬山。

武联：国家将最尖端的科技放在最偏远的山区，最优秀的科研人才扎根在这最艰苦的地方，我知道上黄观测站一定非常重要。

11. 田埂　日　外

画面回到田埂上。

武联：所以那时候我对你工作的不上心发脾气。是这护鸟器让我认识到，你并不是这样，你喜欢科研，喜欢搞创新，只是我们支持和发光的方式不一样。

春生：师父，一代人有一代人的使命，你们把电网建好、建强，我们把电网建得更智能、更环保。我们是站在你们肩膀上工作。

武联：哈哈，你小子，现在看到你这样，我也就放心了。

说着，春生和武联两人笑了起来，春生眼神坚定地看着远方。

12. 空地　日　外

空地上好些花，红的、黄的、紫的、粉的，十分鲜艳，遍布山坡，春生走来看到杨立铭正用手机拍摄着这些花。

春生：真好看。

杨立铭：其实这都是尾气！

春生疑惑：尾气？

杨立铭：组成花的主要物质是碳，碳是通过光合作用分解二氧化碳产生的，很可能是来自汽车排放的尾气。

春生呼了口气：也有可能是呼出的二氧化碳。

杨博士点点头：大气中的二氧化碳要保持一定的平衡。

春生好奇地问：为什么叫 1.5 摄氏度碳电实验室呢？

杨博士：这个名称取自《巴黎协定》，人类要努力将全球气温上升限制在 1.5 摄氏度以内，这是中国科学院和电网企业成立 1.5 摄氏度碳电实验室的初衷，也是实现碳达峰碳中和目标的关键，我们的科研创新是至关重要的。

春生：创新说起来容易，做起来可真不容易啊！

杨博士：积水成渊，聚沙成塔，别急。

春生疑惑，杨博士又指了指天台。

杨博士说：天台上面就有着气溶胶通量激光探测雷达，可以向大气发射光束，探测 $PM_{2.5}$、颗粒物、烟气异常，结合风场探测，就能对污染源进行追溯。

春生眼睛一亮，很好奇。

杨博士：晚上很漂亮，有两条光柱射向天空。

春生：光柱？有多少千瓦？

杨博士：50 千瓦。

光明的诗卷

春生看了看太阳，然后指向向阳坡。

春生：我有个想法，在山的向阳坡安装光伏面板，一共200平方米，为激光雷达供电，多余的电能储存进光伏电站。光伏和水电使上黄观测站成为清洁供能的微电网。

杨博士一听，兴奋了起来，夸赞春生。

杨博士：春生，这个想法非常好！

春生不好意思地挠挠头：杨博士，这不算什么。

杨博士：电能占终端能源消费比重近30%，每一点技术创新，累积起来都将是巨大的。

春生：杨博士，我明白了。

13. 办公室　日　内（蒙太奇）

春生和小胖一起看着站内气象云图。

春生：根据气象数据，进行无人机巡检，冬季根据覆冰区域，夏季根据风场，能更加精准巡线，大大提高效率。

办公室中几个工作人员，根据大气监测数据，精确预测新能源布点。

几个工作人员根据碳排放，设计碳效码，统计企业能耗水平。

春生在图纸"无人机融合气象领域自动巡检"上认真地写着画着。

小胖试运行着"无人机融合气象领域自动巡检"的程序，画面上出现了无人机和大气领域数据。

小胖：春生，成功了，成功了！

春生兴奋地和小胖击掌。

春生：以后，师父冬天巡线就能更加精准地定位事故点了。

小胖：你还知道心疼师父啊，不枉你师父推荐你进碳电实验室。

听到这句话，春生恍然大悟。

春生：师父。

杨立铭欣慰地看着他们。

14. 上黄观测站外　日　外

航拍上黄观测站，五星红旗在天上飘扬。

画面时间字幕：2022年9月　上黄大气观测站竣工

信件旁白：尊敬的安德鲁先生，上黄观测站为期三年的建设已告一段落。中国式的现代化是人口规模巨大的现代化，中国也在史无前例地进行环境整治，每一个人都投身于这一波澜壮阔的事业。

观测站门口，杨立铭与春生他们握手告别，然后上车离开，车内杨立铭看着远去的上黄观测站，脸上露出欣慰的笑容。

武联和春生远远看着杨立铭的车离开，他们看了眼背后的上黄观测站，满满的自豪。

武联看了春生一眼：小子，接下来继续加油！你现在在我这里也是这个！

武联对春生竖起了大拇指，春生咧嘴一笑，揽过师父的肩膀：师父放心，我会尽我所能，在这份事业上发光发热。

15. 大毛尖山　夜　外

夜空深邃，繁星闪烁。伴随着微弱的嗡鸣声，两道光柱射向夜空，穿过乌云，射向浩瀚宇宙。上黄观测站的四周山林一片寂静，山脚下的村落也已陷入沉睡。

信件旁白：天涯此时，日月与共。上次一别已过去三年，期待我们能再次相逢，到那时，我一定要和您说说正在发生的中国故事。

（本片获第十一届全国品牌故事大赛全国总决赛微电影比赛一等奖）

光明的诗卷

不能言说的梦想

洪　隽　王舒层　陈　铭　程　超

人物小传：

黄立民：35 岁，国家电网有限公司的一名员工。踏实稳重，有强烈的社会责任感，对待工作一丝不苟、严谨苛刻，但也因此疏于对家庭的照顾，忽略了女儿的情绪，意识到女儿对自己的情感需要后，为消解彼此之间的隔阂默默努力。

黄小桃：10 岁，黄立民的女儿，躬耕书院筑梦班的学员之一。活泼开朗、热爱音乐，勤恳努力，偶尔会有些任性，会因为爸爸忙于工作，无暇照顾好自己而感到不快和委屈，但内心还是非常认可和理解爸爸的工作。

故事梗概：

投身电力事业的黄立民，是别人眼里"工作中的巨人，生活中的矮子"，工作中的他总能独当一面，但对上女儿却束手无策，频繁的失误让女儿黄小桃对父亲产生误解，也让黄立民十分无奈。当黄小桃的亚运会表演遴选赛和亚运会的保电工作行程产生冲突时，父女间的隔阂被再次放大，面对两难抉择的黄立民最终还是选择了前往杭州而缺席了女儿的遴选赛，不料一首《不能言说的梦想》却串起了相隔遥远的两颗心。

故事剧本：

一、躬耕书院的码头　日　外

仙侠湖的远景，显示这里的地理位置，浙江遂昌。

黄立民身着电力服，和女儿黄小桃挥手道别，看着女儿走远后戴上了安全帽。

黄小桃画外音：我喜欢我的爸爸，虽然他总是来去匆匆。

二、仙侠湖　日　外-船内

仙侠湖上，一艘光明驿站的电力小船行驶在湖面上，逐渐靠岸。
船内，黄立民收起望远镜。

黄立民：
最后一个巡线点喽，结束了，刚好赶上时间去接小桃。

黄小桃画外音：总是应接不暇。
电话铃响，黄立民立刻接起电话。

黄立民：
是的，我就是负责人，您说。
好的好的，没问题，我马上安排下去。
麻烦您报一下具体位置，我这边记录一下。

黄立民耸肩夹着手机保持通话，习惯性地空出手来在口袋里翻找着纸和笔，导致原本在手里的礼盒意外掉进了湖里。
黄立民瞪大眼睛：
欸！
表！
表！
我的表……

黄小桃画外音：总是一场欢喜一场空。

出片名：《不能言说的梦想》

三、蒙太奇　父女相处的日常

公园里，黄立民和黄小桃打闹在一起，开心地大笑。

黄小桃画外音：爸爸说，他想带我去杭州看亚运会，我好开心，但又很担心……

房间里，黄小桃躺在床上，辗转反侧，面带焦虑。

黄小桃画外音：因为，我还有一个秘密，是我做过的美梦……

黄小桃走出房间，看见黄立民正在厨房里有条不紊地烧润喉汤。

黄小桃画外音：但没告诉爸爸。

四、躬耕书院　日　内

教室里，赵老师为黄小桃的独唱伴奏。

黄小桃唱完后，同学们和旁听的老师们一起鼓掌。

赵老师：

小桃，你的进步很快！我们决定了，参加遴选的时候，由你担任领唱。加油！

黄小桃激动得半晌才说出话来：

谢谢老师！

五、黄立民家　夜　内

黄小桃坐在餐桌边等黄立民回家，桌上的饭菜非常丰盛。

妈妈端着最后一个菜出来。

妈妈：

桃桃，我们边吃边等，先吃饭。

此时，加班回来的黄立民推门进来。

黄小桃：
爸爸！我被选为领唱了！亚运会表演我是领唱！
你答应我的，到时候一定要来看我演出呀！

黄立民脸色尴尬：
我女儿真棒！
黄立民看了老婆一眼，给黄小桃夹菜，内心愧疚不忍：
桃桃，爸爸今天接到了一个任务，要去支援亚运会赛场的保电，马上就要动身去杭州了。

黄小桃愣了一下。
黄小桃画外音：是不是越期待什么，就会越失去什么？
黄小桃起身放下碗筷：
我吃饱了！
黄小桃走进房间，关上了门。
黄小桃画外音：是不是爸爸的爱，总喜欢藏起来？

黄立民过去贴着门安抚道：
桃桃，我虽然到不了你的遴选赛，但是爸爸相信，你的节目一定能入选的。

房间里的黄小桃听到这句话，眼里似乎又有了光。
黄小桃画外音：我不需要安慰，我只想我做的梦，能被你听见。

六、文化宫剧场　日　内

赛场的后台，黄小桃坐在化妆镜前有点紧张。

赵老师拿着黄小桃的书包：

269

小桃，你别有压力，就和平常我们练习的时候一样，你一定行的！

赵老师将书包递给黄小桃：

这是你妈妈给你的，你快打开看看。加油！

黄小桃接过书包打开，一时愣神。

黄小桃小心翼翼地拿出修好的手表，上边还多了个水晶碎拼搭的表圈。

（闪回）黄立民拿着滴着水的手表去接黄小桃放学，黄小桃看着坏了的手表生气地离开。

书包里边还有一张纸条，上面写着"爸爸知道，小桃的心里藏着一个梦，梦想是我们指路的明灯，我们一起努力，加油，小桃！"

（闪回蒙太奇）深夜，黄立民小心翼翼地修手表；黄立民和同事们在亚运场馆周围巡视工作。

黄小桃看着纸条末尾的笑脸不禁笑了两声，露出会心的微笑。

幕布拉开，合唱团的学生们按照站位站上舞台。

黄小桃站在舞台上，看了看观众席上的妈妈，又看向旁边空着的位置。

黄小桃画外音：曾经，爸爸的肩膀是我的瞭望台，是他把我举过头顶看世界。

（镜头特写）黄小桃戴着电话手表，屏幕显示等待接听中。

黄小桃画外音：现在，亚运的舞台是我内心的光与热，我要把我们的爸爸，唱给世界听。

这时舞台上响起歌曲伴奏，赵老师在台上弹奏着钢琴。

黄小桃看向赵老师，开始领唱《不能言说的梦想》。

同学们合唱：

我有个不能对人言说的梦想

它不切实际高高挂在天上

七、亚运场馆　日　外

黄立民正站在大莲花馆外。

这时电话响起，黄立民接通。

电话那头，传来的却是阵阵优美的歌声。

电话音——
有时它近在前方闪烁着光芒
有时它浮现着爸爸辛劳的脸庞
炽热的太阳你那么滚烫
山坡的风儿你悠悠吹荡
爸爸的手掌鬓角的白霜
虚妄的水浪梦里的青芳
你们荡呀荡呀荡得我心荡漾
…………

黄立民一时呆愣在原地。

（长镜头）黄立民听着歌声，眼中含着泪水，脸上露出欣慰的笑容。

（闪回蒙太奇）黄立民陪黄小桃练习唱歌；黄立民带着黄小桃出去玩，黄小桃看着黄立民鬓角的白发。

黄立民在亚运会现场作业的场景。

出字幕：

2023 年 9 月 23 日，躬耕书院音乐筑梦班的孩子们登上了杭州亚运会开幕式的舞台，而肩负保电任务的电力人们，也在不一样的舞台成为照亮亚运的光，用不同的方式传递着中国的声音和梦想。

国网浙江电力忠诚践行人民电业为人民，全力以赴确保亚运保电万无一失、圆满成功，为办好世界精彩盛会、彰显国家综合实力贡献国家电网力量。

出：国网标志

（本片获第十一届全国品牌故事大赛全国总决赛微电影比赛一等奖）

光明的诗卷